中华健儿

——中国在雅典奥运会上实现历史性突破

李静轩　编写

吉林出版集团股份有限公司

图书在版编目（CIP）数据

中华健儿：中国在雅典奥运会上实现历史性突破/李静轩编. ——

长春：吉林出版集团股份有限公司，2009.12

（共和国故事）

ISBN 978-7-5463-1865-3

Ⅰ．①中… Ⅱ．①李… Ⅲ．①纪实文学－中国－当代 Ⅳ．①I25

中国版本图书馆 CIP 数据核字（2009）第 233744 号

中华健儿——中国在雅典奥运会上实现历史性突破

ZHONGHUA JIAN'ER　ZHONGGUO ZAI YADIAN AOYUNHUI SHANG SHIXIAN LISHIXING TUPO

编写　李静轩

责任编辑　祖航　息望

出版发行　吉林出版集团股份有限公司

印刷　三河市嵩川印刷有限公司

版次　2010 年 1 月第 1 版　　　　2022 年 1 月第 8 次印刷

开本　710mm×1000mm　1/16　　印张　8　字数　69 千

书号　ISBN 978-7-5463-1865-3　　定价　29.80 元

社址　吉林省长春市福祉大路 5788 号

电话　0431－81629968

电子邮箱　tuzi8818@126.com

前　言

　　自1949年10月1日中华人民共和国成立至今,新中国已走过了60年的风雨历程。历史是一面镜子,我们可以从多视角、多侧面对其进行解读。然而有一点是可以肯定的,那就是,半个多世纪以来,在中国共产党的领导下,中国的政治、经济、军事、外交、文化、教育、科技、社会、民生等领域,都发生了深刻的变化,中国人民站起来了,中华民族已屹立于世界民族之林。

　　60年是短暂的,但这60年带给中国的却是极不平凡的。60年的神州大地经历了沧桑巨变。从开国大典到60年国庆盛典,从经济战线上的三大战役到经济总量居世界第三位,从对农业、手工业、资本主义工商业的三大改造到社会主义市场经济体制的基本确立,从宜将剩勇追穷寇到建立了强大的国防军,从废除一切不平等条约到独立自主的和平外交政策,从"双百"方针到体制改革后的文化事业欣欣向荣,从扫除文盲到实施科教兴国战略建设新型国家,从翻身解放到实现小康社会,凡此种种,中国人民在每个领域无不留下发展的足迹,写就不朽的诗篇。

　　60年的时间在历史的长河中可谓沧海一粟。其间究竟发生了些什么,怎样发生的,过程怎样,结果如何,却非人人都清楚知道的。对此,亲身经历者或可鲜活如昨,但对后来者来说却可能只是一个概念，对某段历史的记忆影像或不存在，或是模糊的。基于此，为了让年轻人，特别是青少年永远铭记共和国这段不朽的历史，我们推出了这套《共和国故事》。

《共和国故事》虽为故事，但却与戏说无关，我们不过是想借助通俗、富于感染力的文字记录这段历史。在丛书的谋篇布局上，我们尽量选取各个时代具有代表性或深具普遍意义的若干事件加以叙述，使其能反映共和国发展的全景和脉络。为了使题目的设置不至于因大而空，我们着眼于每一重大历史事件的缘起、过程、结局、时间、地点、人物等，抓住点滴和些许小事，力求通透。

历史是复杂的，事态的发展因素也是多方面的。由于叙述者的视角、文化构成不同，对事件的认知或有不足，但这不会影响我们对整个历史事件的判断和思考，至于它能否清晰地表达出我们编辑这套书的本意，那只能交给读者去评判了。

这套丛书可谓是一部书写红色记忆的读物，它对于了解共和国的历史、中国共产党的英明领导和中国人民的伟大实践都是不可或缺的。同时，这套丛书又是一套普及性读物，既针对重点阅读人群，也适宜在全民中推广。相信它必将在我国开展的全民阅读活动中发挥大的作用，成为装备中小学图书馆、农家书屋、社区书屋、机关及企事业单位职工图书室、连队图书室等的重点选择对象。

编　者
2010 年 1 月

三、期待北京

一、 积极备战

● 2004 年 1 月 13 日，国家体育总局向田径管理中心下达奥运任务指标：今年雅典奥运会上，中国田径要力夺一金。

● 中国举重队副总教练陈文斌做了一套个人邮票，他为了突出举重队的形象，特别要求在拍摄头像时，加上一只举起的拳头。

● 表演完毕后是运动员入场仪式，入场顺序根据希腊字母排列，中国代表团在旗手姚明的引领下第七十八个入场。

中国队备战雅典奥运会

2004 年 1 月 13 日，雅典奥运会召开在即，国家体育总局向田径管理中心下达奥运任务指标：

今年雅典奥运会上，中国田径要力夺一金。

中国田径一直是奥运会上的软肋。

综合各方情况看，这个"重任"很可能落到我国中长跑名将孙英杰身上。田管中心最初将雅典奥运任务指标定为夺取一到两枚奖牌，5 至 7 个项目进入前 8 名。

但是，在前一年田管中心向体育总局汇报田径备战奥运工作时，总局领导要求中国田径队在此基础上再增加一枚金牌。

袁伟民特别强调说："田径夺取一金的决心不能动摇，不能给自己留下退路。"

田管中心本来就将女子马拉松定为奥运夺金点，但由于雅典奥运会将女子马拉松比赛安排在田径比赛中间进行，而不是如以往那样放在田径比赛的最后一天，这给她在兼项时造成不便，所以在战术安排上，教练特意帮她作了调整。

为了更好地应对奥运会，孙英杰正在积极备战当年 4

月的伦敦马拉松赛，并将这次比赛作为奥运会前的重要热身赛。

孙英杰说："近期所有比赛都以服务奥运会为目的，以赛带练。我没有想过这次比赛的成绩，什么也比不上奥运会重要。虽然我现在的状态还行，但没有达到最佳，一切都在调整和恢复中。"

国家竞走队为了备战雅典奥运会，早在2003年12月，队员就抵达桂林，准备从12月中旬至第二年3月中旬，进行为期3个月的冬训。

国家竞走队之所以选择桂林作为冬训地，是在对南宁、桂林、柳州、北海4个城市进行考察后决定的，原因是桂林气候宜人、空气洁净、设施完善。

国家竞走队队员均从各省区选拔出来，包括备战2004年雅典奥运会和2008年北京奥运会的重点运动员。2000年悉尼奥运会冠军王丽萍也来桂林参加训练。

结束在桂林的冬训后，国家竞走队将赴广州，参加全国竞走锦标赛暨奥运选拔赛。通过该项赛事，每个组别将初选出5到6名选手，参加竞走世界杯赛，以及世界竞走挑战赛。最后，结合以上赛事，确定中国参加雅典奥运会的竞走运动员名单。

此外，国家女子摔跤队曾在2003年4月全国女子摔跤锦标赛上，以良好的竞技包揽了所有级别的金牌，带着这一佳绩，国家女子摔跤队于2003年5月10日，在北京军区体工队的训练基地正式投入备战雅典奥运会的战役之中。

面对即将到来的奥运会，国家女子摔跤队总领队修振涛说："明年女子摔跤将首次出现在奥运赛场上，这对我们来说是很大的机遇。一方面，中心领导对我们抱有很大期望，另一方面，既然这个机遇被我们赶上了，我们更要主动承担起这个责任，誓夺金牌。"

队员们这次集训的精神面貌有了巨大改观。每堂训练课结束后都有队员要求加练，以至于加练慢慢变成了正式训练课。

为了全力备战，队伍一日 4 练，即 3 次技术训练加业务学习。这一次集训，队员们上器械后都普遍增加重量，最明显的就是队员的体形，肌肉成分明显增多。教练组为此作了统计，队员们的力量从 15% 到 30% 都有不同程度提高。

修振涛说："女摔首次列入奥运会，各国都在积极准备，我们也并无绝对实力，与日本和欧洲选手相比，我们在技术、力量上有差距，我们的对策是扬长避短，充分发挥我们的特点。此外，国家队目前有 30 名队员，但教练组成员就达到了 11 人，体制的优势是任何国外队伍都比不了的。有这两点作保障，我们实现奥运夺金的心气会一天比一天高。"

尽管女子摔跤队是鲜有人关注的队伍，但此次备战，队里还是把队员的手机全部"收缴"。

在女子摔跤队备战的同时，跆拳道队也于 2003 年 9

月 25 日下达了集训通知。通知中就注意事项说：

> 1. 参加第三期国家集训队的教练员、运动员接到通知后，立即到指定地点报到；2. 集训人员须严格遵守集训单位的有关规定；3. 参加集训人员自带运动服、道服（鞋）及日用品；4. 为确保集训工作顺利进行，凡没有被点名的教练员、运动员一律不允许参加本次集训或以任何其他形式参与训练工作。

此后，国家队开始积极投入冬训备战雅典奥运会中，同时，国家体育总局也给予了极高的重视。

国家举重队为了备战雅典奥运会，除了训练外，还开始了全真模拟实战演习。

2004 年 6 月，国家体育总局重竞技运动管理中心主任马文广宣布：

> 为备战 2004 年雅典奥运会，中国举重队将于 6 月 5 日在天津市体育馆举行"今晚报杯"实战模拟精英赛。包括前奥运会冠军占旭刚、丁美媛等 30 多位世界冠军和全国冠军在内的中国举坛精英尽数参加。

比赛本着模拟实战的原则，努力为运动员创造国际大赛紧张、激烈的气氛。

比赛从北京开始，届时运动员从驻地出发，驱车直达赛区，然后立即在赛场称重。比赛过程中，组织者有意设计一些人为干扰因素，其中包括媒体记者不相宜的采访活动，以锻炼运动员的适应能力和快速反应能力。

为了保证国家举重队本次训练任务的顺利实施，能够达到预期目的，天津市体育局、天津今晚报社等单位，只用一周时间即完成了竞赛、宣传等各项准备工作，并将组织全市 18 个区县青少年队员，作为特殊观众，到场观战。

在各队积极备战的时候，国家赛艇队也在为雅典奥运会上能取得优异成绩，而恭请各方面的力量专家。

备战雅典奥运会的这段时期里，在国家赛艇队和皮划艇队千岛湖基地力量房里，我国著名的力量专家万德光教授，驻队近一个月，为了队员的训练尽心尽力地指导。

这位精神矍铄的老人，总是穿行在各种器械之间，指导队员训练。不管表扬还是纠错，他总是笑呵呵的，让人欣然接受。

可当有队员在两分钟定时卧推最后几秒龇牙咧嘴、动作走形的时候，他却笑而不言。看到记者一脸迷惑，他才小声说："就这几下最长劲儿！"

在万教授回京后，田径训练专家王卫星又成了皮划艇队的指导员，而赛艇队则请到了浙江省田径队的洪延庆，给教练员、运动员上课。

据国家体育总局水上运动管理中心三部负责人刘爱杰说，春节前北京体育大学的罗冬梅教授也来到千岛湖，利用假期，给运动员做肌电图测试等科研工作。教育学与哲学双博士张力伟来到队里，参与心理训练，完成运动员心智建设的 28 点目标设置，并据此开展工作。

刘爱杰还说："新一届国家皮划艇集训队组建以来，已陆续请过 20 多位教授驻队指导训练，他们的到来，给队伍带来了很多新方法、新观念。皮划艇项目在沉寂六七年之后，在去年世锦赛上获得 5 张雅典奥运门票，与他们的贡献密不可分。'借脑'工程不仅直接有利于运动员的成绩提高，也可开阔教练员的眼界，提高他们的素质。皮划艇项目要在雅典取得突破离不开这些'高手'相助。"

皮划艇队的主力高毅是"借脑"工程最大受益者之一，她在贵州红枫湖集训前，曾因腰伤到北京治疗休整了 5 周，当时医院专家几乎给她的运动生涯判了死刑。

此后，刘爱杰找到万教授等专家给高毅会诊，认为她的主要问题是腰部肌肉太小，力量不足，导致技术动作不合理容易受伤。他们为高毅量身定做了一套训练方案，主要增强腰部肌肉，进行奔跑训练。

5 周后，高毅回到队伍中，不仅在艇上坐得住了，而且跑步能力从队里倒数第一一跃成为前几名。教练员们都说："北京之行挽救了高毅，也改造了高毅。"

国家射击队也在进行紧张的备战。

2004 年 7 月 21 日，国家射击队为期 4 天的综合考核在八一射击场拉开战幕。

第一天的比赛首先进行了男女气步枪、男女气手枪、女子飞碟多项和男子 60 发卧射这 6 个项目的决赛。

15 时，综合考核首日比赛结束，虽然国家队整体表现非常出色，但经验丰富的国家射击队总教练许海峰却有些担心。

许海峰说："虽然考核日成绩普遍很好，但目前距离雅典奥运会开幕还有大半个月的时间，而现在国家队过早进入状态，对于奥运会上正常发挥现有技术水平将非常不利。"

许海峰解释说："最理想的情况是在奥运比赛中逐渐调整到最佳状态，而现在过早进入状态，将会带来两个负面影响。一是将使得队员在奥运会上的期望值过高；二是将让队员对未知的困难准备不足……奥运前这段时间，对于过早进入状态的队员，我们要想办法'压'，尽量让他们把最佳状态保持到奥运会上'爆发'。"

对于如何"压"状态，许海峰透露说："主要是不打考核赛以及成绩赛，让他们暂时忽略和回避目前的成绩。而更多的是要抓技术。24 日打完综合考核赛后，接下来的工作就是解决目前暴露出来的问题。我们将按奥运会标准及时修改方案，尽量在雅典奥运会前把主要问题解决。"

国家体总关怀集训健儿

2004年1月，11支国家队在粤冬训，备战雅典奥运会。对此，国家体育总局及广东省领导，前往慰问在粤集训的国家队。

18日到19日，国家体育总局段世杰副局长、广东省许德立副省长、广东省程良洲副秘书长及广东省体育局的领导等，冒雨到广州黄埔体育中心、黄村基地、广州军区射击场和广州市伟伦体校，慰问在广州集训的国家射击队、国家女子曲棍球队、国家棒球队、国家女子足球队和国家游泳队的运动员和教练员，向他们带来国家体育总局及广东省委、省政府的关怀，为大家备战雅典奥运鼓劲加油。

这是雅典奥运会前的最后一个冬训，意义重大。国家队共有53支队伍在全国十七省、市备战奥运，而其中游泳、射击、棒球、女子曲棍球、现代五项、马术、飞碟、女子足球、网球、跳水和篮球女子青年队共11支国家队均选择了广东作为其集训基地。广东是冬训队伍最多的省份。

段世杰、许德立等到女足集训场地时，正下着大雨。为了不影响运动队雨中的训练，段世杰等撑起雨伞走到了足球场中央，把祝福和礼物送到了训练第一线。

段世杰勉励队员们说：

>······要发扬奋勇拼搏、为国争光的精神，刻苦训练，奋勇争先，争取在雅典奥运会上取得优异成绩来回报全国人民的关怀和厚爱。

在慰问女曲队时，许德立想到春节是中国人全家团聚的传统佳节，特意邀请该队来自韩国籍的主教练金昶伯把家人从北京接到广州过年。

段世杰等冒着寒潮来到射击队时，想起队员们不一定适应广东阴寒的冬天，就赶紧给射击队置办了取暖器材。

在接受国家体育总局和广东省领导的慰问后，国家队的教练和运动员都表示：

>虽然春节要在广东集训中度过，但国家和人民的关心让我们激发更大的热情和动力投入到训练中，争取在雅典奥运会上取得优异的成绩，来报答总局的关怀和广东人民的支持。

国家体育总局训练局为了保证体育健儿的营养供应，从 2004 年 5 月开始，为其提供奶制品的营养套餐。

在训练局集训的有乒乓球、羽毛球、篮球、排球、田径、跳水、体操、游泳、举重等 9 个项目的国家队

1000 多人。

为更好地备战奥运会，为了给运动员提供最好的饮食和营养，国家体育总局训练局展开了"运动员训练专用食品"的考察工作，力图通过系统、科学的比较分析，为运动员寻找到营养丰富、绿色环保的食品，全面提高运动员的营养水平，建立高效、科学、全面的营养体系。

奶制品对人体基本营养成分的提供和补充起到很大的作用，这可以为征战奥运的体育健儿提供更加完备的营养套餐，除牛奶之外，还包括奶片、乳酸饮料和冰激凌等。

中国队进驻雅典奥运村

雅典整个奥运村中 2292 套公寓共提供 1.7 万个床位，可容纳 1.6 万人起居。中国奥运军团在奥运村中占据了 10 个楼盘，全部是三层楼的复式公寓。

中国代表团新闻发言人何慧娴认为：尽管雅典奥运村硬件不错，但在软件和环境上却不如悉尼奥运会。

另外，中国代表团副团长段世杰也说："本届奥运会奥运村整体上来说，软、硬件设施均比 1996 年亚特兰大奥运会略强，硬件与 2000 年悉尼奥运会差不多，但是软件方面略差。"

悉尼奥运村全部是平房，相互之间干扰较少。而雅典奥运村却是三层复式楼房，拥有六套四房一厅，团部官员住还好些，但对运动员来说，就有些麻烦。比如，同一层楼里现在住着要参加比赛的选手，就比较棘手，如果官员们晚上开会，可能就会影响运动员的睡眠，从而影响第二天选手的比赛。

其实，从硬件上来说，雅典奥运村与悉尼奥运村相比，面积更大，功能更齐全，其中在村内设计了训练场馆，这是奥运会史上的第一次。

耗资 3.97 亿美元建设的雅典奥运村距雅典市中心 20 公里，奥运村分为村民住宅区和国际公共区两大部分。

国际区包括一所医院、兴奋剂检测中心、几个宗教场所、餐厅、一个游泳池、一条标准跑道和两个室内训练馆，提供包括食宿、休闲、医疗、交通、购物等一系列服务。

还有一点比较独特，国际奥委会主席罗格也居住在奥运村，而在历届奥运会中，国际奥委会主席和主要官员都是下榻在市区内的五星级酒店。

据介绍，奥运村内每天有 500 位厨师为 6500 人同时就餐烹制食品。

为满足来自世界各地运动员的胃口，奥运村内的餐厅每天可以提供 2500 多道不同风味的菜肴，每天将消耗 30 万只鸡蛋，15 万升牛奶，30 万份水果和蔬菜，120 吨肉类，200 万升矿泉水，300 万份软饮料。

在配套服务上，雅典奥运村在国际区有邮局、网吧、旅行社、唱片店、电信服务、银行、干洗店、理发店和花店，运动员们称，这是在享受"村庄式休闲生活"。

对于中国代表团来说，最有吸引力的是邮局，而在这里最富有特色的也是邮局。这里沿袭了悉尼奥运会时的做法，在奥运邮票的边栏，用电脑制作成人物专辑式大方联。

中国队副秘书长杨迺军做了一套漂亮的个人邮票，中国举重队副总教练陈文斌看后，也按捺不住要做一套，不过他为了突出举重队的形象，特别要求在拍摄头像时，加上一只举起的拳头。

中国队参加奥运开幕式

2004 年 8 月 13 日，第二十八届夏季奥运会开幕式，在雅典奥林匹克主体育场隆重举行。

开幕式上，先是奥运五环旗和希腊奥组委的旗帜入场，接下来是名为"爱琴海的浪漫"大型表演。

开幕式在数百名鼓手演奏的希腊音乐声中拉开了帷幕。在这场盛大的开幕式中，希腊人居然将爱琴海"搬"进了运动场，"历史年轮"演出中惊现活雕塑，神秘的点火仪式以及震撼人心的天籁之音等也令人难忘。

对于古希腊人来说，水代表着一切，水是交通和贸易的工具，水是食物和欢乐的来源。古希腊哲人说：水是世界的第一元素。将爱琴海"搬"到奥林匹克体育场，也寓意希腊人对于水的膜拜。

当 28 记鼓声敲毕，一支燃烧的火箭从天空射向水面，立即点燃了水中由奥林匹克五环所组成的 5 个火圈。

一个男孩儿乘着一条白色的小船缓缓驶入水中，他手中挥舞着一面希腊国旗，蓝色的水，蓝色的旗，"爱琴海"的风光尽收眼底。

此后，人头马身的海神波塞冬，手持长矛向水中走去；巨大的白色浮雕，从水中缓缓浮起；一对恋人从岸上走入水中，在水中打闹嬉戏；一个孕妇从岸边慢慢地走进水里，周围的人也走向水里，脱去衣服，仰望着天空，期待着新生命的开始……

执导开幕式的导演帕派奥诺乌，是希腊最有影响的舞蹈家和舞蹈编导之一，在他的"执笔"下，整个表演像徐徐展开的一卷卷画面一样，彩车游行中的表演者都身着由硬纸做成的服装，并在服装外涂满颜料，看上去就像一尊尊栩栩如生的古代雕塑。

帕派奥诺乌解释自己的创意时说："通过考古学上的壁画等形式，表达人类从混沌到现代的时空发展，向全世界展示象征意义上最本质的人类价值观，以及人类自我意识上的不断发展和进步，描绘自始至终人类永不磨灭的爱。"

此后，点火仪式开始，将开幕式的热烈气氛推向了高潮。

奥林匹克体育场西侧高约30米的"针鼻"形火炬台慢慢"折断"，亚特兰大奥运会帆船冠军、希腊火炬手尼科拉奥斯·卡克拉马纳基斯用经过全球传递的圣火点燃低垂的火炬，火炬台随后又慢慢"站"了起来。这是奥运会开幕式上第一次出现可以放倒和竖起的火炬台。这一点火创意，象征着天空与地面、精神与物质之间架起了桥梁。

随后，在希腊总统科斯蒂斯·斯蒂凡诺普洛斯宣布本届奥运会开幕后，游泳运动员多米斯卡齐和篮球裁判员沃里亚迪斯分别代表运动员和裁判员进行了宣誓。

在开幕式表演的结尾，所有的演员都朝"海"中间奔去，那里，有一棵橄榄树。

表演完毕后是运动员入场仪式，入场顺序根据希腊字母排列。中国代表团在旗手姚明的引领下第七十八个入场。

本次奥运会，共有 202 个国家和地区的奥运代表团的 1.05 万余名运动员参赛。中国代表团共 637 人，其中运动员 407 人，他们将参加奥运会 28 个大项中 26 个大项、203 个小项的比赛。

中国选手在跳水、举重、乒乓球、羽毛球、射击和体操等项目上，保持着一定优势。

上届悉尼奥运会，中国获 28 枚金牌，列奖牌榜第三位，取得了历史性突破。雅典奥运会，中国代表团的目标是夺取 20 至 25 枚金牌，确保位居奖牌榜第二集团的前列。

二、 奋战雅典

- 陈至立在电话中说，她受中共中央政治局常委李长春的委托，代表李长春同志以及她本人，向中国体育代表团夺得首枚金牌表示热烈祝贺。

- 刘翔以领先第二名 3 米左右的优势第一个冲过了终点线，而时间就是破纪录的 12 秒 91。

- 经过 3 回合激烈争夺，陈中以 12 比 5 的成绩战胜法国选手巴维热，卫冕成功，获得跆拳道女子 67 公斤以上级的冠军，为中国代表团赢得了第三十二枚金牌。

杜丽获取气步枪第一名

2004 年 8 月 14 日 16 时，即雅典时间 14 日 11 时，在马可波罗奥林匹克射击中心，举行 2004 年雅典奥运会女子 10 米气步枪决赛。

国际奥委会主席罗格也前来观看比赛。

女子 10 米气步枪的金牌，是本届雅典奥运会的第一枚金牌。这个项目是中国选手的强项，中国选手赵颖慧和杜丽在国内外比赛中均取得过好成绩。

在此前的预赛中，俄罗斯名将、世界纪录保持者加尔金娜打出 399 环的成绩与中国选手杜丽并列第二位。捷克选手库尔科娃排在第三位。

女子 10 米气步枪决赛一共有 10 名选手参加。

比赛开始，第一轮，加尔金娜打出 10.2 环，杜丽打出 9.4 环，库尔科娃打出 9.6 环，赵颖慧打出 9.7 环。

到了第三轮，赵颖慧率先开打，成绩是 10.0 环，加尔金娜打出 9.9 环，库尔科娃的成绩是 10.5 环，杜丽表现优异打出 10.7 环。前三轮之后，杜丽排在第二位，而赵颖慧则在第五位。

第四轮，加尔金娜打出 10 环，杜丽打出 10.4 环，赵颖慧的成绩是 10.1 环，这样，杜丽和首位加尔金娜的成绩差距缩小到 0.3 环。

第五轮，加尔金娜打出 10.2 环，杜丽表现优异打出 10.4 环，将差距进一步缩小；赵颖慧和库尔科娃都打出 10.2 环的成绩。

第六轮，加尔金娜打出 10.8 环的成绩，杜丽表现也不错，打出 10.1 环。

第七轮，加尔金娜表现不俗打出 10.8 环，而杜丽和赵颖慧的成绩只有 10.2 环，这样加尔金娜将领先 1.4 环。

第八轮，加尔金娜只打出 10.0 环，而杜丽则打出 10.8 环，库尔科娃的成绩是 10.2 环，赵颖慧打出 10.6 环。

第九轮，赵颖慧打出 10.6 环，加尔金娜打出 10.6 环，杜丽的成绩是 10.8 环，在进入最后一枪之前，杜丽和加尔金娜的成绩相差 0.4 环。

最后一轮，加尔金娜发挥失常只打出 9.7 环，而杜丽表现优异打出 10.6 环，赵颖慧的成绩是 10.6 环，而库尔科娃则是 10.7 环。

这样，中国选手杜丽后来居上，以总成绩 502.0 环创造了奥运会纪录，压倒俄罗斯名将加尔金娜获得本届奥运会首枚金牌。

中国选手杜丽表现优异，加尔金娜虽然在预赛中表现不俗，但是决赛只打出 102.5 环，以总成绩 501.5 环排在第二位。

获得铜牌的是捷克选手库尔科娃，她决赛的成绩是 103.1 环，总成绩是 501.1 环。

赵颖慧决赛打出102.8环，以总成绩500.8环获得第四名。

夺冠后的杜丽显得非常高兴，她露出了灿烂的笑容，而俄罗斯名将加尔金娜则显得较为失望。

在颁奖仪式上，国际奥委会主席罗格为杜丽颁奖。

赛后，杜丽接受采访时说道："应该说我是属于比赛型的选手，所以后几发打得比较有劲，我对自己决赛中的表现还算满意。第一轮我只打出9环，毕竟这是我第一次参加比赛，心理素质不过硬。"

没有参加比赛的中国运动员在奥运村得知杜丽夺冠的消息后，一片欢腾，许多运动员跑到阳台上欢呼。

中国体育代表团团长袁伟民、副团长李富荣等在团部观看比赛，看到杜丽夺金，也情不自禁跳起来为杜丽喝彩。他们准备了吉祥物，在村口欢迎杜丽。

此外，中国体育代表团团长袁伟民接到国务委员陈至立打来的电话。

陈至立在电话中说，她受中共中央政治局常委李长春的委托，代表李长春同志以及她本人，向中国体育代表团夺得首枚金牌表示热烈祝贺。

王义夫气手枪再显神威

2004年8月14日19时45分，雅典奥运会男子10米气手枪决赛，在奥林匹克射击中心举行。

男子10米气手枪也是中国体育代表团的夺金项目。老将王义夫第六次征战奥运会，是本届奥运会中国体育代表团年龄最大的运动员，他曾在巴塞罗那奥运会夺得冠军，其他几次奥运会，多次夺得亚军。另外还有小将谭宗亮，也参加了比赛。

在资格赛中，俄罗斯名将内斯特鲁耶夫以591环的高分获得第一。中国选手王义夫以590环排在第二。另外一名中国选手谭宗亮以582环排在第九位，遗憾地和决赛告别。而上届奥运会冠军法国的杜林由于在资格赛中表现不佳，无缘决赛。决赛一共有8名选手参加。

由于王义夫和内斯特鲁耶夫在资格赛中表现优异，他俩领先第三名6环之多。因此，男子10米气手枪的冠军，实际上就在王义夫和内斯特鲁耶夫之间展开了争夺。

第一轮，王义夫打出10.5环的成绩，内斯特鲁耶夫的成绩是9.5环，在总成绩上，王义夫和内斯特鲁耶夫战成平手。

第二轮，王义夫打出9.9环，内斯特鲁耶夫打出10.5环。

第三轮，王义夫打出 10.0 环，内斯特鲁耶夫打出的成绩是 10.3 环。决赛前三轮，内斯特鲁耶夫领先王义夫 0.9 环。

第四轮，内斯特鲁耶夫打出 9.6 环，王义夫在喘了一口气后打出 10.0 环的好成绩。

第五轮，王义夫表现一般打出 9.8 环，内斯特鲁耶夫的成绩是 10.1 环。前五轮比赛完后，王义夫落后内斯特鲁耶夫 0.8 环。

第六轮，王义夫很快出枪打出 10.5 环的好成绩，而内斯特鲁耶夫也打出了 10.1 环。

第七轮，王义夫打出 10.2 环的成绩，内斯特鲁耶夫的表现不佳只打出了 9.5 环，这样王义夫的总成绩升至第一，领先内斯特鲁耶夫 0.3 环。

第八轮，王义夫表现失常只打出 8.9 环，内斯特鲁耶夫却打出 10.2 环。在还剩两轮比赛的情况下，此时王义夫落后内斯特鲁耶夫 1.0 环。

第九轮，王义夫打出 10.3 环，而内斯特鲁耶夫只打出 9.3 环。

就这样，在比赛还剩一枪的情况下，王义夫和内斯特鲁耶夫战成平手。

最后一轮决定金牌归属的比赛开始了，内斯特鲁耶夫打出 9.7 环，王义夫调整了一下自己的状态后，打出 9.9 环。这样，王义夫以 0.2 环的优势获得男子 10 米气手枪冠军。

中国老将王义夫在决赛中打出 98.0 环，以 690.0 环的总成绩获得冠军。这是王义夫在奥运会上获得的第二枚金牌，也是中国代表团在本届奥运会上获得的第二枚金牌。

俄罗斯名将内斯特鲁耶夫最后两枪发挥不佳，以 0.2 环的差距获得银牌。获得铜牌的是俄罗斯的伊萨科夫。

获胜后的王义夫高高举起了双手，全场观众发出热烈的掌声和欢呼声，向他表示祝贺。

赛后，中国记者围住了王义夫问道："王义夫，夺冠后你高高举起双手，我记得 1992 年夺冠时你也是这个动作，心情有什么不同吗？"

王义夫表示："拿冠军很高兴，作为一个老运动员，又是第六次参加奥运会，很不容易。但我也很幸运，总体来说今天我的发挥还可以。感谢长期以来一直支持我的各界人士，感谢领导的关心和爱护。"

陈至立又特意打电话给中国体育代表团，请中国体育代表团转达她本人对王义夫的祝贺。

陈至立在电话中说：

> 王义夫的这枚金牌很特殊，很重，作为 6 次参加奥运会的老将，这次依然还能打出这么好的成绩，非常不容易。

郭晶晶吴敏霞捍卫荣誉

2004 年 8 月 15 日，在雅典奥林匹克水上中心，举行奥运会女子双人 3 米板跳水决赛。

参加本次比赛的有中国选手郭晶晶和吴敏霞，俄罗斯选手伊琳娜和帕卡琳娜，以及澳大利亚选手拉什科和纽贝里等。

决赛中，前两个动作为规定动作，因此考验选手的是完成动作的质量情况和同步情况。

第一轮比赛，除第六个出场的两位加拿大选手采用了 201B 的动作之外，其余 7 对选手都采取的是 101B、401B 的动作。在第一轮比赛结束后，中国选手吴敏霞和郭晶晶以 54.60 分的成绩暂居首位，英国选手杰拉德和史密斯同澳大利亚选手拉什科和纽贝里并列第二，而俄罗斯名将伊琳娜、帕卡琳娜则以 51.60 分的成绩暂时排名第四位。

第二轮比赛，依然是难度系数设定为 2.0 的规定动作，结果吴敏霞和郭晶晶表现出色，两人以 109.20 分的成绩仍旧占据首位，俄罗斯的伊琳娜和帕卡琳娜则以 105.60 分的成绩位居第二。

第三轮比赛，进入了自选动作。吴敏霞和郭晶晶选择了难度系数为 3.0 的 205B 动作，结果 3 轮过后，中国的两位选手以 183.90 分的成绩，遥遥领先于其他 7 对选手。排在第二位的是澳大利亚选手拉什科和纽贝里，她们的成绩为 177.90 分，落后吴敏霞和郭晶晶 6 分。俄罗斯的伊琳娜和帕卡琳娜跳的动作是难度系数为 2.9 的 5335D，但两人的同步表现稍差，在 3 轮过后以 170.85 分的成绩排名第三。

第四轮比赛，吴敏霞和郭晶晶再次出色地完成了难度系数为 3.0 的 405B 动作，得到了 77.40 分的高分，以总分 261.30 分的成绩稳居首位。俄罗斯选手伊琳娜和帕卡琳娜采用了难度系数高达 3.1 的 107B，结果两人也完成不错，得到了 77.19 的高分，以 248.04 分的成绩排到第二名的位置，澳大利亚选手拉什科和纽贝里落到第三位。

最后一轮比赛，吴敏霞和郭晶晶选择了难度系数为 3.0 的 305B，两人发挥稳定，这个动作得了 75.60 分，最终两人以 336.90 分的成绩摘得了女子双人 3 米跳板的金牌。

俄罗斯选手伊琳娜和帕卡琳娜很好地完成了难度系数为 3.0 的 5152B，得到了 82.80 的超高分，最终以 330.84 分的成绩完赛，获得了该项目的亚军。

澳大利亚选手拉什科和纽贝里以 309.30 分的成绩摘得铜牌。

田亮杨景辉跳水夺金

2004 年 8 月 15 日，雅典奥运会男子双人 10 米台跳水决赛，在奥林匹克水上中心拉开战幕。

参加比赛的有中国选手田亮和杨景辉，英国选手沃特菲尔德和泰勒，澳大利亚选手纽贝里和赫尔姆等。

8 对选手在决赛中的前两个动作都是有难度限制的规定自选动作，因此在前两轮比赛中，如果想获得高分，选手们就必须在完成动作质量和同步上超过其他选手。

第一轮比赛开始，中国选手田亮和杨景辉，以及澳大利亚选手纽贝里和赫尔姆，所做的动作都是难度系数为 2.0 的 101B、401B。田亮和杨景辉以总分 55.80 分的成绩落后于澳大利亚选手纽贝里和赫尔姆 0.6 分，暂时排名第二位，乌克兰选手沃罗德科夫和扎卡罗夫以 55.20 分暂居第三。

第二轮比赛，中国选手田亮、杨景辉和澳大利亚选手纽贝里、赫尔姆仍采取的是相同的动作，难度系数为 2.0 的 103B，田亮、杨景辉跳出了 56.40 分的成绩，以 112.20 分的成绩暂居首位。俄罗斯选手多布罗斯科克、加尔佩林以 111.00 分的成绩跃居第二，乌克兰选手沃罗德科夫、扎卡罗夫 110.40 分仍居第三位。

在第三轮比赛中，田亮、杨景辉选择了难度系数为

3.4 的 5253B，结果两人表现出色，获得了 87.72 分的好成绩。3 轮过后，田亮、杨景辉以总分 199.92 分的成绩位列第一。英国选手沃特菲尔德、泰勒以 192.72 分的成绩升居次席，乌克兰选手沃罗德科夫、扎卡罗夫则以 191.68 分稳定地保持在第三位。

第四轮比赛，田亮、杨景辉出色地完成了难度系数为 3.2 的 407C 动作，得到了 92.16 的高分，其中古巴、日本和西班牙 3 位裁判在打同步分上都给出了 10 分的满分。在 4 轮争夺过后，排在首位的仍是田亮、杨景辉，两人的总分是 292.08 分，英国选手沃特菲尔德、泰勒和乌克兰选手沃罗德科夫、扎卡罗夫继续把持二、三位。

在最后一轮的比赛中，田亮、杨景辉选择了高难度的 207B，难度系数达到了 3.6，随着两人近乎完美的表演，这个动作得到了 91.80 分的好成绩，最终中国选手田亮、杨景辉以总分 383.88 的成绩摘得了男子双人 10 米跳台的金牌。

英国选手沃特菲尔德、泰勒以 371.52 分的成绩获得亚军，澳大利亚选手纽贝里、赫尔姆最终以 366.84 分的成绩取得了铜牌。

赛后，田亮的教练张挺接受记者采访时说："其实田亮和杨景辉赢得并不轻松，接下来田亮还有 10 米跳台单人比赛，依然要以'拼'字当头。"

冼东妹柔道大显身手

2004 年 8 月 15 日，雅典奥运会柔道女子 52 公斤级决赛，在亚诺·莱奥西亚奥林匹克馆举行。

这天，中国选手冼东妹先是在 16 进 8 的比赛中，战胜阿尔及利亚选手苏雅克里后晋级四分之一决赛，随后在四分之一决赛中又击败了德国的伊姆布里亚妮挺进四强，在半决赛中冼东妹仅用时 1 分 38 秒便以一本的绝对优势力克法国选手尤兰妮，与日本选手横泽由贵在决赛中相遇。

横泽由贵这一年 23 岁，身高 153 厘米，在世界级大赛中曾经取得 2003 年世界锦标赛第三名、2004 年法国国际公开赛第二名的成绩。

29 岁的冼东妹则只是在 2004 年获得法国公开赛冠军。但是在奥运会 52 公斤级柔道比赛中，她一路高歌猛进杀入决赛。

决赛中，冼东妹表现出了极好的竞技状态，比赛开始，两人没有进行试探便直接进入短兵交战阶段，身穿蓝色柔道服的冼东妹几乎没有给横泽由贵任何机会，她一上来就以一个近乎完美的"寝技"将对手压在身下，横泽由贵艰难挣扎，始终无法摆脱控制。25 秒之后，冼东妹跳了起来，她整个比赛仅用 1 分 06 秒就轻松获得冠军。

横泽由贵在场上躺了很长时间才爬起来，下场时泪流满面，显然她难以相信和接受这一事实。

中国选手冼东妹以一本的绝对优势战胜了日本选手横泽由贵，获得冠军，这也是中国代表团在本届奥运会中夺得的第五枚金牌。

日本选手横泽由贵获得亚军，铜牌被古巴选手阿马里利斯·萨文和比利时的亨伦共同摘得。

在比赛结束之后，冼东妹说："我非常非常激动，今晚肯定睡不着。这是我一生中第一次得奥运金牌，可能也是我最后一次得世界大赛的金牌。"

冼东妹的教练付国义，在赛后通过混合区时依然泪如涌泉，不得不背对摄像机的镜头。

赛后，柔道队主教练周进强表示，谁都没把冼东妹当成热门人物，但实际我们一直把她当成夺金的首选人物，所以她今天的成功没有什么稀奇的。

周进强说："没有对外讲她是一个夺冠的热门，是因为这个项目这个级别上的强手太多了，古巴、日本，都具有实力夺金，所以保持低调。"

朱启南获得气步枪第一名

2004 年 8 月 16 日 20 时，在马可波罗奥林匹克射击中心，举行雅典奥运会男子 10 米气步枪决赛。

在预赛中，两名中国选手发挥非常出色，先是李杰以 598 环的成绩打破了由澳大利亚选手维贝尔在亚特兰大奥运会上创造的 596 环的奥运会纪录，随后他的队友 20 岁小将朱启南则以 599 环的优异成绩，把奥运会纪录再次刷新，两人也以预赛前两名的身份晋级决赛。

男子 10 米气步枪决赛，射击队总教练许海峰笑了：两名中国队选手朱启南和李杰分别以资格赛第一和第二的成绩杀入决赛，而且朱启南领先第三名 2 环，这样的优势无疑形成了中国团夺金的"双保险"。

决赛中，8 位选手需要打 10 发子弹以决胜负，并且预赛成绩也将带入到决赛当中。

此时，朱启南和李杰分别站在第一和第二靶位。第一枪李杰率先打出 10.1 环，而最后一个发枪的朱启南则出色地打出了 10.4 环。第一枪结束，李杰已领先第三名的印度选手宾德拉 1.7 环，而朱启南更是与第三名的成绩拉大到 3 环。

从第二枪开始，朱启南和李杰就没有让对手有任何可乘之机，领先的优势也随着每一枪的结束不断扩大。

从第四枪开始，第三名的选手开始发生变化，世界排名第一的斯洛伐克选手贡奇，取代印度选手宾德拉占据第三位，而朱启南领先第三名的优势已达到 5 环。

当朱启南在第九枪再次打出 10.7 环的高成绩时，排名第三的选手变成了一名韩国选手，他与朱启南的差距继续扩大到 5.4 环。

9 枪过后，朱启南总成绩达到 692.6 环，距离美国人帕克保持的 702.5 环世界纪录仅差 9.9 环，只要最后一枪在 10 环以上，新的世界纪录将会诞生！

最后一枪，所有人的呼吸几乎都停止了，场上的朱启南依旧非常平静，举枪、瞄准、扣动扳机，打出了 10.1 环的好成绩！

经过激烈争夺，最终中国选手朱启南以 702.7 环的总成绩获得冠军，并且打破了由美国选手简森·帕克在慕尼黑创造的 702.5 环的原世界纪录。这是中国代表团获得的第六枚金牌。另一位中国选手李杰则以总成绩 701.3 环获得银牌，斯洛伐克名将冈茨摘走铜牌。

对于中国选手取得这两块奖牌，路透社评论说：从比赛过程来看，李杰和朱启南在今天的预赛中表现迥异，李杰出枪非常快，朱启南则非常平稳。

二人在预赛中轮番打破男子 10 米气步枪比赛的世界纪录，让人不禁对两名神枪手的表现大加赞叹。

路透社认为，中国队在这个项目上取得如此出色的成绩与两名选手在比赛过程中的相互勉励有很大关系，据赛事统计，朱启南和李杰在决赛阶段的状态变化基本一致。

陈艳青摘取举重金牌

2004 年 8 月 16 日，在尼凯亚奥林匹克举重馆，举行 2004 雅典奥运会举重女子 58 公斤级 A 组的决赛。

A 组决赛中共有 10 名选手参加，其中，有曾获得 1999 年世界举重锦标赛女子举重 58 公斤级总成绩金牌得主中国选手陈艳青，以及在 2000 年悉尼奥运会女子 58 公斤级银牌得主朝鲜选手李成姬，金牌之战将会在这两个选手之间展开。

首先进行的是抓举争夺，在实力相对较弱的选手进行完比赛之后，李成姬出场要了 102.5 公斤的重量，尽管李成姬举起了杠铃，但由于举杠铃时左臂有弯曲，因此 3 名裁判中有两名给了红灯，李成姬首次试举失败。

随后，出场的是中国选手陈艳青，她的试举重量也为 102.5 公斤，结果陈艳青轻松举起杠铃。

稍事休息后的李成姬第二次出场，仍然试举 102.5 公斤，这一次李成姬干净利索地完成试举。

陈艳青第二次试举的重量是 107.5 公斤，虽然陈艳青在下蹲动作时重心略靠后，但她很好地控制了身体并再次将杠铃举过头顶。

李成姬的最后一次试举重量也同样为 107.5 公斤，但试举时杠铃被她甩到了身后，李成姬最终抓举的成绩便停留在了 102.5 公斤。

抓举比赛最后一个出场的陈艳青要了 110 公斤，不过这次冲击没有成功，因此陈艳青以 107.5 公斤的成绩领先李成姬 5 公斤排在第一，完成了抓举比赛。

排名第三位的是泰国选手卡米娅姆，她的抓举成绩也为 102.5 公斤。

之后，进行挺举比赛，在实力相对较弱的选手比赛完之后，李成姬首先出场，她首次试举的重量为 130 公斤，结果在上送杠铃时手臂太靠前，第一次试举失败。

随后出场的是陈艳青，试举重量也是 130 公斤，不过在预蹲时动作过浅，无法借力上挺，结果以失败告终。

第二次试举，李成姬出场，并继续试举 130 公斤，结果试举成功。随后陈艳青出场，在她调整了预蹲动作后，同样试举成功。

第三次试举，陈艳青要了 135 公斤，结果陈艳青再次犯了同样的错误，预蹲过浅上举缺少冲力，试举失败，她的挺举成绩也停留在了 130 公斤。

最后出场的是李成姬，她要的是 137.5 公斤的重量，结果李成姬试举同样以失败收场。

最终，陈艳青以总成绩 237.5 公斤的成绩夺得金牌，并打破了奥运会纪录，为中国代表团赢得了第七枚金牌。

朝鲜选手李成姬以 232.5 公斤的成绩获得亚军，铜牌被泰国选手卡米娅姆以总成绩 230 公斤的重量取得。

赛后，陈艳青回忆比赛时说：

我复出不久，但是我还是用过去的方式训练。我给自己定目标，一个月一个月的目标不一样，但都要提高。不知不觉就上来了。看上去好像不简单，那么大的提高在那么短的时间里完成，其实这是我坚持每次都要完成训练指标的结果，要靠毅力的……挺举 130 公斤，对于我来说不是一个很难的重量。我之所以第一次没有举好，是因为抓举过后，身体停的时间长了些，有点冷，幸好后来还是守住了，不过当时还是有点紧张的。

她的教练李顺柱介绍了具体情况："为了减体重，陈艳青早晨起来没吃饭，直到 14 时 30 分以后才吃点东西。这样我们确实在体重上是占优了，压过了朝鲜选手李成姬。这样，我们很主动，重量上我们主动了，心理上我们也主动了。签号我们也在后面，是 8 号签，李成姬是 6 号签。因此整个来看，今天真是一切正常。在挺举上，她的体力消耗太大，凭她的挺举实力，应该比李成姬强。她最好时曾经挺起来 145 公斤。我们定的抓举和挺举要的重量，都是以我为主，不太在意李成姬。第一把没有起来，为求胜心切。翻起来后想舒舒服服挺上去，结果不行。那么大的重量，只要一点疏忽就不行了……7 月 2 日队里的一次测验，她举起 247.5 公斤，比今天重了 10 公斤。以她的实力，完全可以拿下奥运金牌。"

罗雪娟夺取蛙泳冠军

2004 年 8 月 17 日凌晨，雅典奥运会女子 100 米蛙泳决赛，在奥林匹克水上运动中心举行。

此前的预赛中，罗雪娟在半决赛中仅游出了 1 分 8 秒 57，在总成绩名列第七位。不过赛前媒体对罗雪娟夺金颇为看好，毕竟她是两届世锦赛女子 100 米蛙泳冠军。而中国另一个选手齐晖半决赛排在第八位，勉强进入决赛。澳大利亚两员小将汉森和琼斯却有着较好的发挥。

这天雅典当地风力较大，由于奥林匹克水上运动中心是露天的，所以风力对选手的发挥有一定影响。

进场后，罗雪娟展开了她迷人的笑容，并且蹦跳着向观众挥手，给人留下了非常轻松的印象。

决赛时，罗雪娟分在第一泳道，而齐晖则在第八泳道。半决赛中成绩排在第一的琼斯位列第四泳道。

一声哨响，罗雪娟猛力一蹬跳台，轻盈地跃入水中。第一个 50 米下来后，她已经取得了领先的优势。虽然汉森和琼斯在后面不停地追赶，但是罗雪娟还是一路保持领先。

最终，罗雪娟以半个身位的优势获得冠军，并且以 1 分 6 秒 64 的成绩打破了奥运会纪录，也取得了中国泳将 8 年来第一个奥运冠军。这是中国代表团在本届奥运会上获得的第八枚金牌。

澳大利亚选手汉森以 1 分 7 秒 15 的成绩获得亚军。铜牌被赛前较为看好的琼斯获得。

在罗雪娟触壁那一刻，她曾用眼角的余光扫了泳池中的对手们一眼，觉得没有比自己更快的，冠军已经稳拿了。一转身，她又仔细看记分牌，发现自己如愿以偿地取得了冠军，还打破了奥运会纪录。

胜利后的罗雪娟举起了一根手指头。对此，赛后她说："这代表着一块金牌，我已经完成了自己身上肩负的任务。当然，看到成绩那一刻我还是略微有一点失望，因为我本可能游出更好的成绩。"

随后，罗雪娟走出游泳池，像个绅士一样右手抚胸，向中国代表团所在的看台一再鞠躬。赛后，她说："我们的总教练赵戈就和我说过了，今天所有的中国游泳队队员都上看台为我加油。所以，我在夺冠之后真的是诚心向全体队友、教练鞠躬致意，感谢他们对我的支持。"

在确认胜利的那一刻，她的教练张亚东也难以自持，眼中有泪，说："终于拿到了，太不容易了，我，罗雪娟等待这天足足 4 年了！"

张亚东还透露，前天晚上 22 时 30 分，当张亚东和罗雪娟结束半决赛回运动员村时，袁伟民找了他，所说的都是对决战的关注。同时，袁伟民还表示，游泳和田径这两大项，必须有金牌，否则和我们的体育强国身份不符。

在比赛结束后，罗雪娟几次有欲哭的感觉，她赛后笑着对记者说："其实还好啦，我的感觉不是那种一下子就喷薄欲出的，而是那么一下一下地，不过看到五星红旗升起的那一刻，我还真有点想哭，我也跟着大声唱了国歌。"

在领奖台上，获得亚军的澳大利亚泳将汉森，掏出自己带的相机，和罗雪娟、琼斯合了影。

此后，罗雪娟还将参加女子蛙泳 200 米和 4 × 100 米接力。她曾表示，如果 100 米蛙泳拿冠军，她会更有勇气去挑战，争取拿两块金牌回家。

在记者会上，有位外国记者问罗雪娟："从此之后你是否真的完全把琼斯等人就甩在身后了？"

罗雪娟毫不迟疑地说："是的！"

石智勇获得举重金牌

2004 年 8 月 17 日，雅典奥运会举重男子 62 公斤级 A 组决赛，在尼凯亚奥林匹克举重馆拉开战幕。

决赛中共有 9 位大力士参加，从报名成绩看，除两位中国选手有夺金实力外，保加利亚的安杰罗夫和东道主希腊选手萨帕尼斯也具有极强的竞争力。

首先进行的是抓举争夺，乐茂盛第一次试举的重量是 140 公斤，由于希腊选手萨帕尼斯"抢先"出场，打乱了乐茂盛的出场节奏，使得他出场时过于匆忙并未完全做好准备，结果试举时将杠铃"甩"在身后，以失败收场。

其实，乐茂盛的第一把要的 140 公斤，已经比原先计划的 145 公斤减了 5 公斤。但是他第一把却没有举起来，当乐茂盛龇牙咧嘴地回到后台时，教练才发现，他抓杠时，把虎口处的一块皮，硬生生磨掉了！

而另一位中国选手石智勇第一次试举的重量是 147.5 公斤，结果石智勇十分轻松地举起杠铃完成动作。

第二次试举，乐茂盛稍事调整后，轻松地举起了 140 公斤的重量。石智勇第二次出场要了 152.5 公斤的重量，在试举时将杠铃"后甩"身后，没有成功。

第三次试举，乐茂盛选择的是 145 公斤，结果试举失败，最终他的抓举成绩为 140 公斤。石智勇第三次出场，再次对 152.5 公斤发起冲击。结果这一次石智勇成功举起杠铃，将自己的抓举成绩定格在 152.5 公斤。

抓举比赛过后，石智勇排名首位，希腊选手萨帕尼斯以 145 公斤的重量位居第二，乐茂盛排名第三。

挺举比赛开始，石智勇第一次出场试举 167.5 公斤的重量，结果石智勇较为轻松地举起杠铃完成了动作。随后擅长挺举的乐茂盛出场，他首次试举的重量为 172.5 公斤，结果试举成功。

第二次试举，石智勇试举 172.5 公斤，结果又以成功收场，兴奋的石智勇以一个后空翻来表达自己的喜悦之情。

由于石智勇对队友乐茂盛的实力心知肚明，在他把总成绩领先优势再次扩大到 12.5 公斤之后，石智勇便知道金牌在向他招手了。

后来他说："我从小就喜欢翻空翻，今天举起 172.5 公斤之后，也是随性来了一个，并不是赛前特意准备的庆祝动作。"

此时，举重男子 62 公斤级的金、银牌已经提前被中国选手揽入囊中，石智勇在没有压力的情况下试举 175 公斤的重量，结果失败了。

随后，乐茂盛为了拼一下金牌，因此要了 185 公斤的重量，结果两次冲击都以失败告终。

最终，石智勇以总成绩 325 公斤的重量摘得金牌，并创造了新的奥运会纪录，同时为中国代表团赢得了第九枚金牌。乐茂盛则以 312.5 公斤的成绩获得亚军。

希腊选手萨帕尼斯由于体重比乐茂盛重，所以，以 312.5 公斤的相同重量取得铜牌，这是东道主在本届奥运会中获得的首枚奖牌。

其实，石智勇为了这场比赛，整整饿了 3 天。这是因为他要减体重。赛前，石智勇的体重近 66 公斤。但是他参加的是 62 公斤级的比赛，因此他的体重必须在 62 公斤以内。于是，他只有挨饿！3 天后，石智勇上磅量体重为 61.96 公斤，整整减少 4 公斤！

此时，当石智勇跨上冠军领奖台时，希腊观众全体起立为他鼓掌。

劳丽诗李婷跳水夺金

2004 年 8 月 17 日，在奥林匹克水上中心，举行 2004 雅典奥运会女子双人 10 米跳台决赛。

参加比赛的有中国选手劳丽诗、李婷，俄罗斯选手冈查罗娃、科尔图诺娃，加拿大选手哈特利、海曼斯等。

决赛中，前两个动作为有难度系数规定的自选动作，考验的是两位选手完成动作的质量情况和同步情况。

第一轮动作除第八对出场的墨西哥选手采取的 103B、403B 外，其余七对选手都采用的是 101B、401B，结果劳丽诗、李婷出色地完成动作。

在第一轮比赛结束后，中国选手劳丽诗、李婷以 53.40 分的成绩居于第一位，加拿大选手哈特利、海曼斯列二位，德国选手加姆、苏布辛斯基列第三位。

第二轮比赛，仍旧是难度系数设定为 2.0 的规定动作，劳丽诗、李婷采用了 403B 的动作，结果两人仍然发挥稳定，这个动作获得了 58.20 分，其中有 4 名裁判打出了 10 分的满分。

第二轮比赛过后，劳丽诗、李婷继续以总分 111.60 分居于第一位，加拿大哈特利、海曼斯和俄罗斯选手冈查罗娃、科尔图诺娃以 99 分并列第二。

第三轮比赛，劳丽诗、李婷选用的是难度系数为 3.0

的 107B，两人以 82.80 分的成绩完赛。

第三组动作结束后，劳丽诗、李婷以总分 194.40 的成绩继续占据第一的位置。加拿大选手哈特利、海曼斯也捍卫了自己第二名的位置，她们与中国选手劳丽诗、李婷之间的差距近 20 分。

第四轮比赛，劳丽诗、李婷选用的是难度系数为 3.2 的 407C，结果两人发挥稍有偏差，这个动作仅获得了 71.04 分，但劳丽诗、李婷仍然以 265.44 分的成绩排名第一位，俄罗斯选手冈查罗娃、科尔图诺娃以 255.24 分的成绩升到第二位，加拿大选手哈特利、海曼斯则退居第三。

最后一轮决胜局的比赛，劳丽诗、李婷启用的动作是难度系数为 3.4 的 5253B，两人很好地完成动作，获得了 86.70 分。

最终，中国选手劳丽诗、李婷以总分 352.14 分的成绩夺得金牌，俄罗斯选手冈查罗娃、科尔图诺娃以 340.92 分的成绩获得亚军，加拿大选手哈特利、海曼斯取得了铜牌，她们的总分为 327.78 分。

赛后，在新闻发布会上，有一位记者问两位中国选手，对后面的女子 10 米跳台单人比赛是如何打算的？

李婷和劳丽诗小声商量了一两句后回答说："尽自己最大的努力去争取吧。"

这原本是句套话，但翻译由于语言习惯原因，把李婷的这句话翻译成了"尽最大努力去争取金牌"。

李婷的英语虽然不好，但她还是听清楚了"金牌"这个单词，翻译看了她一眼，笑了笑。

李婷不光笑了笑，而且点了一下头。她身旁的劳丽诗则会心地在脸上露出了微笑。

她们在双人赛中是伙伴，到单人项目中就将成为对手，劳丽诗和李婷似乎并不在意这一点。"谁拿金牌都一样，最好我们两个人能并列，实在不行也得把金牌和银牌都拿到手。"两个人的看法有点可爱。

这时，对手在一旁有点不高兴了，加拿大的海曼斯在单人项目中具备很强的实力。她说："我在单人项目中一定要把今天失去的金牌补回来。"

比赛还没开始，几个人就已经开始在赛场外提前交火了。

张国政勇夺举重冠军

2004 年 8 月 19 日，2004 雅典奥运会举重男子 69 公斤级 A 组决赛，在尼凯亚奥林匹克举重馆揭开了战幕。

决赛共有 8 位选手参加，除中国选手张国政外，阿塞拜疆选手米尔扎耶夫和韩国的李培永也有夺金实力，另外在悉尼奥运会 62 公斤级比赛中夺冠的克罗地亚选手佩查洛夫也具有极强的竞争力。

决赛开始，首先进行的是抓举比赛，在经过试举重量较轻的选手进行完"垫场赛"后，中国选手张国政首先出场试举的重量是 152.5 公斤，结果一举成功。

第二次试举，张国政要了 157.5 公斤，在经过了一段时间酝酿后，张国政又一次将杠铃举过了头顶。

第三次试举，张国政将重量提高到了 160 公斤，结果张国政成功地完成动作。

抓举过后，张国政排名首位，韩国选手李培永和克罗地亚的佩查洛夫分列二、三位。

挺举比赛，张国政第一次出场试举的重量为 187.5 公斤，结果采用了双蹲举的张国政成功举起杠铃。

第二次试举，张国政要了 192.5 公斤，在翻站成功后，准备起身时下肢力量不足，试举失败。

第三次试举，张国政继续冲击 192.5 公斤，急于巩固优势的张国政不慎腰部小关节错位，刚举的杠铃被迫放下，被教练和工作人员搀扶下场。

看到机会的李培永要了 195 公斤，试图利用体重轻的优势战胜对手，但也没有成功。

最终，张国政以 347.5 公斤的总成绩摘得金牌，为中国代表团赢得了第十一枚金牌。

韩国选手李培永夺得银牌，他的总成绩为 342.5 公斤，克罗地亚的佩查洛夫获得第三名，其总成绩为 337.5 公斤。

赛后，张国政说："我感谢大家对我的关心，我这个腰伤是老伤了，大概在 5 年前的一次训练中，意外造成腰部骨裂，并有轻微的偏向与滑脱，至今也没有痊愈。其实我这个冠军拿得很险，我在自己的强项挺举中意外受伤，影响了我的发挥。幸亏教练员在最关键的时候给予了我最大的支持。"

当记者问到是否想念家中妻子的时候，张国政腼腆地笑了："当然想了，毕竟是自己的爱人嘛，她的心是跟我在一起的，相连的，我认为是相连相通的。包括在赛前，我跟她开玩笑，我说你要替我多吃一点，我不是在控体重吗？你要替我多吃一点，我会感觉得到。这么多年，两个人真的是荣辱与共，风风雨雨走过来。"

张宁羽毛球单打获桂冠

2004 年 8 月 19 日晚，在古迪奥林匹克中心举行雅典奥运会羽毛球女单决赛。

由中国选手 29 岁的张宁迎战荷兰选手张海丽。张海丽是在半决赛中淘汰了中国的龚睿那后晋级决赛的。

比赛在开局后张海丽就领先张宁，比分差距很快拉大到了 6 比 1。此后张宁开始反击，在 7 比 2 过后张宁连得 5 分以 7 比 7 追平比分。

关键时刻在双方连续交换了几次发球权后，张宁一次漂亮的回球压在了底线界内，司线和主裁同时判定球落在界内，张宁得到领先的一分。

但在此时张海丽却连续表示抗议，令人不可思议的是主裁在此时竟然作出了改判的决定：界外，双方交换发球权。

张宁显然受到了这个令人不可思议判罚的影响。虽然在 7 比 8 落后时又追成了 8 比 8，但终被对手再得 3 分以 11 比 8，先失首局。

第二局比赛，双方开局打成 2 比 3，张宁没有得到领先的一分。

不过，好在张宁心态比较好，在 2 比 3、3 比 4 落后时，都把比分追平，并在 4 比 4 后开始领先于对手。随

后，张宁以5比4、7比4一路领先，而且张宁的第七分是在张海丽滚网球不过的情况下得到的，在与张宁的第一局比赛中，张海丽也是靠两上滚网球而得到了两分。

此后，经验老到的张海丽不断通过擦汗、换球来调节比赛节奏，但怎奈张宁士气已经再一次地打了出来，虽然张海丽将比分追到了6比7，但张宁此后连得4分，最终以11比6扳回一局。

决胜局，开局张宁就以3比0领先。张海丽见势不妙，马上开始抢攻，并以3比3把比分追平。

此后双方连续交换发球权，而过于急躁的张海丽连续出现失误，让张宁以5比3领先。

此时张海丽再次连续要求擦汗、换球，果然她达到了效果，接下来连得2分，以5比5追平，但她的第五分又是让人怀疑的杀球出界被司线判为界内。

此时，张宁听从场边教练的指挥，稳定下来了心态，和对方相持，让对手失误、急躁。

果然，体力开始下降的张海丽失误增多，让张宁一下连得了5分，张宁得到赛点。关键时刻，张宁回球出界，换发球。在不断换发球中，张海丽又用一次放底线和张宁回球不过网得到两分，7比10。相持中，张宁相当耐心，终于利用一次扣杀夺回发球权。

最后时刻，张宁吊网前，张海丽网前回球稍高，张宁扣杀，终于得到了她在本场比赛最关键的一分，11比7，张宁再下一局，以2比1战胜对手，为中国代表团再得一枚宝贵的金牌。这也是本届奥运会中国羽毛球队的第一枚金牌。

张宁夺得冠军后，兴奋地把球拍高高抛起，并冲向自己的教练李永波和唐学华，与他们拥抱在一起。她说："我能在29岁夺得这枚金牌感到非常高兴，我要感谢那些一直支持我的教练、亲人和球迷。"

24岁的张海丽虽然为银牌，但这已是荷兰在奥运会羽毛球赛场获得的最佳成绩。赛后她说："这是一场势均力敌的决赛，没拿到金牌我觉得很遗憾。"

另外，在此前结束的奥运会羽毛球女单铜牌争夺中，同样身为中国选手的周蜜和龚睿那在比赛中相遇。结果周蜜以2比1战胜队友，为中国代表团获得一块铜牌。

赛后，李永波觉得，当时那种激动的心情无法用言语形容。他回忆起奥运会比赛前几天的颓势仍欷歔不已，他说："比赛前3天，我们的一些冲金热门选手相继被淘汰，跟预计的形势有较大出入，全队都遇到了严峻的挑战。张宁肩负着捍卫羽毛球队荣誉的重任走进决赛场地，在困难面前拼下第一块金牌，也为接下来的战局奠定了很好的基础。"

刘春红举重摘得金牌

2004 年 8 月 20 日，在尼凯亚奥林匹克举重馆，举行雅典奥运会举重女子 69 公斤级决赛。

早在奥运会之前，外界的评述就认为，中国女子举重队李卓和刘春红由于在各自的级别内实力超群，这两块金牌一直在中国队的预计之内，但是李卓在比赛中意外落马，让人们对女子举重的前景产生了一丝的忧心。

不过，21 岁的山东姑娘刘春红开场后，就把人们的疑虑一扫而光。

抓举比赛中，刘春红先后举起了 115 公斤、120 公斤和 122.5 公斤的重量，并创造了新的世界纪录。

在挺举比赛中，刘春红为了求稳，把开把的重量从 150 公斤降到了 147.5 公斤，并成功举起。接下来，刘春红再次举起 153 公斤的重量。

这样，来自山东的 21 岁姑娘刘春红以绝对的优势取得了女子 69 公斤级的冠军，同时 3 次刷新世界纪录。

其实，早在 2003 年的世界锦标赛上，刘春红就曾经 5 次刷新世界纪录。

后来，当记者问刘春红到底破过多少次世界纪录时，刘春红竟然犯了难，她说："具体记不清了，应该是 10 多次吧，确切地说是接近 20 次。"看到身边的人听后有点不相信，她继续说："最多的一次应该是去年，先后打破了 10 次世界纪录吧，但仅仅是破纪录并不是我的目标，我希望自己能够一直保持这样的高水平。"

赛后，记者问起，在比赛中刘春红和教练马文辉一个台上一个台下，大喊的声音此起彼伏，是否藏有玄机。

马文辉笑着对记者说："你不知道啊，这里面可有玄机。竞技体育很大程度上来说就是相互之间气势的比赛，无论对手是强是弱，都不能害怕或者是轻视，但在自己的内心要坚信自己能够战胜对手。我们这样喊，一是为了增强自己的杀气，同时也是让对手感到害怕。同时，我也在她举起杠铃前，把一些要注意的事项简单地传达给她。我们一直都是这样，这个方法对于现场的发挥很管用。"

马文辉刚说完，刘春红就走了过来，记者大声问："拿到金牌的感觉怎么样？"

刘春红用大嗓门回了一嗓子："爽！"

张军高凌羽毛球夺冠

2004 年 8 月 20 日，在古迪奥林匹克中心，举行雅典奥运会羽毛球混双决赛。

在这场决赛中，中国队的张军、高凌迎战英国队的罗布森、埃姆斯。

第一局比赛，中国队的高凌首先发球，埃姆斯底线回球下网，中国队首先得到全场比赛第一分，随后张军又利用后场大力跳杀将比分改写为 2 比 0。

在互换了一次发球权后，张军发球，罗布森接发球失误下网，随后张军连续后场大力扣杀，连得 4 分，中国队以 6 比 0 领先。随后，表现兴奋的张军又一次利用后场扣杀造成对方回球下网。

而高凌也让罗布森、埃姆斯尝到了苦头，她在网前中路的一次快打回球，打得英国对手措手不及。

张军和高凌连续救险球成功后，迫使罗布森回球下网，中国组合取得 9 比 0 的绝佳开局。

之后，在罗布森、埃姆斯艰难取得一分后，高凌利用网前快打扑杀重新将比赛控制在自己手中，随后高凌在网前速度明显要优于埃姆斯，在埃姆斯勉强回球后，张军以一记侧身扣杀，拿下最后一分，从而以 15 比 1 轻松拿下首局。

第二局，在互换了两次发球权后，张军在接埃姆斯的扣杀时，判断失误丢掉一分。在中国组合扳平比分后，张军连续两次接埃姆斯扣杀时都出现回球失误，被英国选手连得两分，随即罗布森后场大力扣杀得分，英国队以3比1领先。接着，埃姆斯的网前扣球与罗布森的对角线，以及张军的一次自身失误，使得罗布森、埃姆斯以6比1大比分领先。

利用埃姆斯网前的一次低级失误下网，中国队获得发球权，随后张军发球，埃姆斯接发球质量偏低，被高凌在网前直接扣死。随即高凌又利用一个假动作骗埃姆斯判断失误，将比分追到3比6。

随后，高凌接中场球时回球失误，张军又两次在处理小球时回球下网，使得英国队以9比3领先。

在双方各加一分后，张军在后场的一记漂亮的跃起大力杀球扳回一分，随后罗布森在接高凌发球时，判断失误直接将球回出界外，中国队连得两分将比分扳为6比10。接着，在一次底线的争议球的判罚上，裁判明察秋毫将原本属于中国队的一分"还"给中国队。

然后，中国队将比分追到8比10、10比12、12比14。但是，高凌一次回球出界，罗布森、埃姆斯以15比12扳回一局。

第三局，英国队首先发球，张军很快利用后场扣杀中路夺回发球权，随后罗布森两次回球下网让中国队领先。

在场上，张军连续出现失误，被罗布森、埃姆斯连得7分，反而以7比3领先。

随后，在互换了两次发球权后，高凌反手扑杀一拍打死，追回一分，随即张军后场的大力斜线，罗布森无法防守，中国再扳一分；张军一记追身球打得罗布森措手不及，张军、高凌利用此轮发球连追三分。在紧张比赛之后，中国队将比分扳为8比8、11比11。

随即，在双方多拍球后，罗布森回球下网，中国艰难取得领先，12比11。在互换了一次发球权后，张军后场杀球，埃姆斯回球下网，中国队再得一分。随着高凌在网前一次扣杀得分。

最终，张军、高凌以15比12拿下决胜局，夺得了羽毛球混双的冠军，并且成功卫冕奥运会羽毛球混双冠军，同时也为中国代表团赢得了第十四枚金牌。

在获胜之后，张军高兴得躺倒在地，而高凌也兴奋得直拍张军身体以示互相祝贺。

王楠张怡宁荣誉保卫战

2004 年 8 月 20 日，雅典奥运会乒乓球女子双打决赛，在加拉茨奥林匹克馆拉开战幕。

在半决赛中，中国的王楠、张怡宁以 4 比 2 战胜队友牛剑锋、郭跃进入决赛。

韩国选手李恩实、石恩美以 4 比 0 击败队友金福来、金景娥进入决赛。

在技术特点看，李恩实和石恩美都是直板选手，均是右手握拍，正手主动进攻意识强，线路刁钻，敢抢敢拼，斗志和韧劲都堪称一流，但和王楠、张怡宁相比，她们的技术明显在下风。并且，在去年巴黎世乒赛的女双半决赛上，王楠、张怡宁依靠旋转、落点和快攻，以 4 比 0 胜过李恩实、石恩美。因此，在这一次比赛中，中国队员在心理上也占有绝对优势。

第一局比赛开局，王楠进入比赛状态很快，利用高质量的接发球控制对手，中国队以 3 比 1 开局。随后，李恩实、石恩美加强了发球质量，迫使王楠两次回球质量不高，使得韩国队连续得分，将比分扳为 4 比 4 平。比分扳平后，韩国队又利用王楠的一次失误和一次抢攻得分将比分反超为 7 比 5。之后，中国队利用果断抢攻将比分重新追回到 7 平，随后两队又打到了 8 平。后局阶段，王楠、张怡宁利用落点和弧旋球连续得分，最后以11比9拿下一局。

第二局比赛，中国队开局利用石恩美的连续失误，取得了5比0。随后，张怡宁吃发球，韩国队将比分追到3比5。此后，在紧张的比赛中，王楠、张怡宁以10比5率先到达赛点，最后，张怡宁以一记高质量的回球，迫使李恩实出现回球出台失误，中国队以11比7再次拿下一局。

第三局比赛，韩国队的李恩实又连续出现失误，中国队取得了3比0的开局。随后的比赛，中国队一度将比分扩大到7比1。随着张怡宁的一次抢攻得分，中国队又一次以10比5的比分到达赛点。最后，依靠张怡宁的抽球得分，王楠、张怡宁以11比6拿下第三局。

第四局比赛，双方以1比1和2比2开局。随后李恩实和石恩美各失误一次，使得中国队以4比2领先，韩国队接连丢分，见势不妙便立即叫了暂停。之后开局，张怡宁的擦网球使得中国队以9比5领先，随后中国队以10比5率先达到赛点。随着王楠的一次抢攻得分，最终王楠、张怡宁以11比6拿下第四局。

中国队仅用时30分钟，王楠、张怡宁便以总比分4比0胜韩国组合李恩实、石恩美，将本届奥运会乒乓球第一金揽入囊中，为中国代表团赢得了第十五枚金牌。

赛后，王楠、张怡宁出席了新闻发布会，回答了记者们的提问。

记者问："首先恭喜你夺得女双金牌，你觉得昨天单打的失利对你今天的比赛有没有太大的影响？"

王楠说："对昨天的失利，我比较遗憾。但不能因为自己输了单打的比赛，而影响全队的情绪，特别是张怡宁的情绪，所以今天我拼了命去打的。这次比赛最大的目标就是战胜自己。单打失利之后，能拿下双打这块金牌，也是战胜自己。"

"在赛前你们做了哪些准备？"

王楠说："在赛前我们对对手的技战术做了充分的分析，有了充分的思想准备。我想夺得了双打这块金牌，对整个乒乓球队接下来的比赛也应该有一个好的影响吧！"

"张怡宁，你觉得你们今天发挥得怎么样？"

张怡宁说："这场比赛我们打得比较好，做了充分的准备，因为这是第一块金牌嘛。王楠无论输赢都是一个强者，思想上她是有一个带头的作用，场上场下都有那种激情。"

马琳陈杞乒乓球双打夺金

2004 年 8 月 21 日 19 时，在雅典加拉茨奥林匹克运动馆，举行雅典奥运会乒乓球男子双打决赛。

在半决赛中，中国选手马琳、陈杞以 4 比 2 战胜丹麦选手梅兹、图格威尔，而中国香港选手高礼泽、李静则以 4 比 2 击败俄罗斯选手马祖诺夫、斯米尔诺夫。

因此，雅典奥运会乒乓球男子双打决赛，在中国选手陈杞、马琳和中国香港选手高礼泽、李静之间展开了。

第一局比赛开始后，中国乒乓球男队主教练刘国梁坐在场边指导。高礼泽、李静显得有些紧张，不过前四分战成 2 比 2 平。马琳利用发球强攻得分，随后陈杞的进攻又得手，高礼泽、李静连丢三分以 2 比 5 落后。此后陈杞、马琳利用前三板优势一直将领先优势保持在 3 分左右。陈杞反手拉球得分，陈杞、马琳以 10 比 6 领先，此后高礼泽回球失误，陈杞、马琳以 11 比 6 取得第一局的胜利。

第二局比赛，马琳正手进攻给对手带来很大威胁。陈杞、马琳以 4 比 0 取得领先，此后高礼泽、李静利用中国队失误连得 3 分，但是很快陈杞、马琳又扩大领先优势。但是高礼泽、李静将比分追成 7 平。之后，李静回球下网，陈杞、马琳在 9 平后连得 2 分，以 11 比 9 取得第二局的胜利。

第三局比赛，高礼泽、李静加强进攻，陈杞、马琳的失误较多。在比分以 4 比 5 落后时，高礼泽、李静叫了一次暂停，此后高礼泽、李静加强了发球强攻，他们在 7 平后连得 3 分，以 10 比 7 领先。最后，马琳回球下网，这样高礼泽、李静以 11 比 7 取得第三局胜利，将总比分追成 1 比 2。

第四局比赛，两对选手的比分交替上升，马琳抢攻得分，在 7 平时，陈杞、马琳发威连得 3 分，最后以 11 比 8 取得第四局胜利。

第五局比赛，陈杞抢攻拿下第一分，随后两支队伍战成 2 平。两对选手的进攻节奏都很快，比赛又战成了 5 平。关键时刻，陈杞、马琳连续出现失误，这样高礼泽、李静以 10 比 7 领先。随后，马琳回球没有过网，高礼泽、李静以 11 比 8 追回一局。

第六局比赛，陈杞、马琳打得积极主动，相反高礼泽、李静则失误连连，陈杞、马琳很快就以 5 比 0 大比分领先。此后，高礼泽、李静加强了进攻，将比分追成 5 比 7。但是，陈杞、马琳顶住了压力，连得两分，以 9 比 5 领先。最后，李静发球失误，中国选手陈杞、马琳以 11 比 5 轻松击败中国香港选手高礼泽、李静，以总比分 4 比 2 获得冠军。

男双金牌是中国代表团的第十六枚金牌。高礼泽、李静获得银牌，丹麦选手梅兹、图格威尔获得铜牌。

张洁雯杨维羽毛球夺冠

2004 年 8 月 21 日，在古迪奥林匹克综合体育中心，举行雅典奥运会羽毛球女双决赛。

羽毛球女双四分之一比赛时，中国占据了其中 3 个席位。结果中国选手杨维、张洁雯发挥出色，以 2 比 0 力挫韩国组合罗景民、李敬元，开始了与队友高凌、黄穗争夺金牌的比赛，提前将女双金牌收入中国队帐下。

决赛开始，第一局，双方开场便互不相让，比分也始终处于胶着状态，分别打出了 2 比 2 平、3 比 3 平的比分。

随后，杨维、张洁雯一度控制了比赛，连续得分将比分改写为 6 比 3，不过黄穗、高凌及时调整，在中局阶段连追 6 分。

此后，双方多次互换发球权，比分很久都凝固在 9 比 6。经过一番激烈的发球权争夺之后，黄穗、高凌终于打破僵局，并且又连得 3 分，场上比分也变为 12 比 6。

最终，黄穗、高凌以 15 比 7 拿下首局比赛。

第二局比赛，双方又连连打成平局，随后张洁雯、杨维连续得分，在中局顶住了黄穗、高凌的猛攻，将领先优势扩大到 11 比 3，最终张洁雯、杨维以 15 比 4 的比分扳回一局。

第三局是决胜局比赛，张洁雯、杨维以7比0取得绝佳开局。大比分落后的黄穗、高凌奋起反击，将比分追到3比7和4比8。随后张洁雯、杨维并没有给黄穗、高凌进一步将比分迫近的机会，利用连续得分，将比分改写为11比4，最终张洁雯、杨维以15比8的比分取得了胜利。

从而，张洁雯、杨维以总比分2比1战胜队友黄穗、高凌，获得了女双金牌，这也是中国代表团赢得的第十七枚金牌。黄穗、高凌获得银牌。

此外，在季军争夺战中，中国组合魏轶力、赵婷婷以总比分1比2不敌韩国选手罗景民、李敬元获得第四名，罗景民、李敬元摘得铜牌。

唐功红获得举重金牌

2004 年 8 月 21 日，雅典奥运会举重女子 75 公斤以上级 A 组决赛，在尼凯亚奥林匹克举重馆拉开帷幕。

决赛共有 12 位选手参加，从报名成绩看，中国选手唐功红、俄罗斯选手科米奇和美国的哈沃斯也具有相当的竞争力，而波兰名将沃罗贝尔和韩国的张美兰则更有实力。

首先进行的是抓举比赛，试举开始，在水平较低的选手进行完比赛后，实力稍强的选手随后出场。

中国选手 25 岁的山东姑娘唐功红第七个亮相，开把重量要了 122.5 公斤，结果第一次试举以失败告终；经过短暂调整后，唐功红第二次出场继续试举 122.5 公斤的重量，这一次她成功地将杠铃举过头顶，试举成功。

随后，唐功红第三次抓举直接升了 5 公斤，将重量提高到 127.5 公斤，结果唐功红试举失败，最终抓举的成绩为 122.5 公斤。

在抓举结束后，唐功红仅排名第八位，排在首位的是韩国选手张美兰，她的成绩为 130 公斤。

这时，看台上督战的中国代表团副团长崔大林也是略显焦急地皱起了眉头，凭着多年指挥作战的实战经验，他也深知翻盘的艰巨性。

抓举不利，此时比赛场里的训练区，举重中心主任马文广借中场休息的时间忙着给唐功红打气："你看一看你的对手，哪一个不是你的手下败将，拼了4年才等来一个奥运会，你现在却害怕了！现在怎么办，豁出去了！"

随后，挺举比赛开始，唐功红的强项是挺举，因此这一次她最后一个出场，第一把重量便要了172.5公斤，结果在翻站时重心靠后坐在地上，试举失败。

稍事调整后，唐功红第二次出场，试举172.5公斤，这次她成功翻站后控制了很长一段时间奋力一举，试举成功。

由于主要竞争对手韩国的张美兰成功举起了172.5公斤的重量，因此唐功红若想冲击金牌就必须举起182.5公斤的重量。

最后一把，唐功红果然叫到了182.5公斤，整整把重量提高了10公斤。全场观众也屏住了呼吸，如果她举起这个重量，不仅将夺取中国奥运史上的第一百块奥运金牌，而且还将打破挺举和总成绩的世界纪录。

对此，正在观看的奥运冠军张国政说："唐功红肯定没问题，平时训练中我看她举185公斤都跟玩儿似的。"

果然，唐功红有惊无险地举起182.5公斤的重量，冠军到手了！

最终，唐功红依靠最后一举以305公斤的总成绩获得冠军，并且"一举"打破了挺举和总成绩的两项世界纪录。这是中国奥运史上第一百金。

亚军得主是韩国名将张美兰，她的总成绩为302.5公斤，波兰选手沃罗贝尔以总成绩290公斤摘得铜牌。

颁奖结束后，唐功红走到山东体育局局长于贵田身边说："于叔，我终于能见你了！"话语未完，她的泪水夺眶而出。原来在赛前于贵田和唐功红打了赌，如果不夺冠，那唐功红就不能见于局长。

听了唐功红的话，于贵田也控制不住自己了，两人在赛场一角哭成一团，共同庆贺来之不易的这奥运会上的第一百枚金牌。

赛后，唐功红说："因为抓举成绩不好，所以我只有尽自己最大的努力了，在第三次挺举时一下把重量加到182.5公斤。当时教练告诉我，如果我举起来就是金牌，举不起来就是银牌。所以我就不去想重量了，拼了吧，结果就一下子举起来了……能够为中国得到第一百块金牌，我特别高兴特别激动。我要感谢祖国培养了我们，给了我们这么好的训练条件。"

贾占波险胜获步枪冠军

2004年8月22日，在马可波罗奥林匹克射击中心，举行雅典奥运会男子50米步枪3×40决赛。

在男子50米步枪3×40预赛中，中国选手贾占波表现不错，他以1171环预赛第一的成绩进入决赛。美国选手埃文斯则以1169环第二的成绩进入决赛。

由于贾占波有两环的优势，所以赛前中国媒体都比较看好贾占波夺冠。

赛前，贾占波说："对我来说，重要的是调整好心态，这样才能在比赛中打出好成绩。"

决赛开始，第一枪，贾占波和埃文斯各自打出9.4环。

第二枪，贾占波的表现不错，成绩是10.1环，而埃文斯则是10.4环。

第三枪，贾占波表现不俗打出10.4环，而埃文斯的成绩是9.3环。

第四枪，贾占波表现不佳只打出8.4环，他向着侧面深深地吸了一口气；埃文斯的成绩是10.4环，比分在渐渐缩小。

第五枪，贾占波只打出8.7环，而埃文斯的成绩是9.5环。这样，5轮之后，贾占波和埃文斯的总成绩持平。

第六轮，贾占波重新稳定了心态，打出9.9环，而埃文斯则打出10.1环，这样美国选手就以0.2环的优势升至第一位。

第七枪，贾占波打出9.9环，而埃文斯的成绩也是9.9环。

第八枪，贾占波表现依旧不佳只打出8.8环，而埃文斯的成绩则是9.4环，这样美国选手将领先优势扩大到0.8环。

第九枪，埃文斯打出10.0环，而贾占波的成绩是7.8环。在进入最后一枪之前，埃文斯的领先优势是3.0环，埃文斯将获得金牌。

最后一枪，埃文斯射击，但是电脑屏幕上没有任何东西显示，美国选手也显得非常困惑。在经过讨论后，裁判判罚埃文斯脱靶，这样贾占波不可思议地获得金牌。

这样，中国选手贾占波在最后一枪落后3.0环的情况下神奇逆转，以总成绩1264.5环获得金牌。这是中国代表团在本届奥运会上赢得的第十九枚金牌。

在夺冠后，贾占波高兴地向现场支持他的中国观众招手致意。

美国选手安蒂尔获得银牌，他的成绩是1263.1环；奥地利选手奥兰纳获得铜牌，他的成绩是1262.8环。

对于贾占波的优异表现，雅典奥运会官方网站上，给予了很大的关注。文章这样写道：

一个似乎是门外汉的选手，在资格赛里就取得了男子50米步枪比赛的第一名。

此外，英国路透社也报道说：

美国选手在胜利的边缘失手了，雅典奥运会男子50米步枪三姿赛的金牌属于中国的贾占波。在最后一枪埃文斯本有3环的领先优势，但是最后一枪没有成绩，从第一名跌至最后一名。获得第二名的是美国选手安蒂尔，奥地利选手奥兰纳获得铜牌。

英国的天空电视台也对此进行了报道：

美国选手埃文斯曾在两天前的男子50米步枪卧射中以703.3环夺得冠军，但是今天他在最后时刻脱靶与冠军擦肩而过，金牌属于中国选手贾占波。

张怡宁获乒乓球女单金牌

2004 年 8 月 22 日晚，在加拉茨奥林匹克馆，举行雅典奥运会乒乓球女单决赛。

在乒乓球女单四分之一决赛中，中国选手张怡宁以 4 比 0 轻取克罗地亚的巴罗什。在半决赛中，张怡宁与韩国选手金景娥相遇，结果张怡宁又以 4 比 1 的比分战胜对手，获得了与朝鲜选手金香美争夺女单金牌的权力。

曾在 2002 年亚运会上以 3 比 0 击败过王楠的金香美，在四分之一决赛中，以 4 比 2 力克新加坡的张雪玲进入半决赛。随后在半决赛中，战胜新加坡选手李佳薇打入决赛。

第一局比赛，张怡宁打法变化很多，结果以 4 比 0 取得良好开局，但是随后，张怡宁自身失误增多，连续出现拉球出台的情况，结果从领先变成了被金香美反超为 8 比 7。之后，张怡宁突然改变发球方式，用反手发球压制金香美，结果连得 4 分，以 11 比 8 拿下第一局的比赛。

第二局比赛，金香美采取了打法凶狠搏杀的战术，结果造成了近台接球的张怡宁回球不是出台就是下网，结果金香美以 4 比 0 开局。随后，张怡宁主动将站位移后，与对方形成相持球，并利用旋转来抑制金香美的发挥，结果张怡宁连续得分，把比分追至5比5。此后，比分从5比5平一直打到7比7平。尾声阶段，随着张怡宁利用调动落点和旋转的变化连得4分，由此以11比7再拿下一局。

第三局比赛，双方都充分利用各自发球得分，不过这一轮的比赛，完全被张怡宁所控制，金香美对张怡宁的反手直线球极不适应，结果张怡宁连得9分，从而以11比2轻松拿下第三局。

第四局比赛，由于金香美的搏杀成功率不高，因此张怡宁以3比0取得良好开局，金香美完全无法发挥出自己的特点，结果张怡宁连得7分，以10比2率先到达赛点，随着金香美回球失误，张怡宁再次以11比2赢得第四局比赛的胜利。

结果仅用时30分钟，张怡宁以总比分4比0获得了女子单打比赛的冠军，为中国代表团赢得第二十枚金牌。

李婷孙甜甜网球夺冠

2004 年 8 月 22 日晚，在奥林匹克的网球馆，雅典奥运会女子网球双打决赛即将开始。

参加决赛的是中国选手李婷和孙甜甜，西班牙名将帕斯库尔和马丁内兹，这两对组合将在决赛中一争高下。

决赛第一局开始，孙甜甜发球，马丁内兹接发球，而孙甜甜利用对手不熟悉自己的特点，频频攻击马丁内兹的反手位，导致马丁内兹连续 3 次回球出界，中国选手很快就拿下了自己的发球局。

第二局，世界双打排名第一的帕斯库尔发球，帕斯库尔一上来就出现了双打失误，而孙甜甜则频频在网球扣杀两位西班牙选手的中间地带得手，并且成功地破掉了对手的发球局，比分上升为 2 比 0。

第三局，是中国选手李婷发球，而李婷一上来双发失误，接李婷发球的帕斯库尔却多次打出漂亮的底线进攻，最终中国选手的第二个发球局被对手破发。

第四局，马丁内兹发球，在参赛的 4 名选手中，西班牙老将马丁内兹的世界单打排名最高，个人能力也最强，而帕斯库尔蹲在网前阻碍了中国选手的视线，导致中国选手回球质量都不高。最终，西班牙组合拿下了自己的发球局，比分扳成 2 比 2 平。

第五局，中国选手及时走出失误的阴霾，在对手的发球局中发挥极为出色，李婷的底线球调度和深度都非常好，孙甜甜则多次在网前找到机会扣杀成功，而比赛中随着马丁内兹的状态不佳，中国选手频频将球打给她，从而赢得一局。

第六局，中国选手在落后的情况下，频频打出漂亮的进攻，连赢 4 分，在总比分上以 4 比 2 领先。此后，中国选手和西班牙组合又各破掉了对手的一个发球局，比分战成了 5 比 3，最终中国选手赢得了此局。

…………

第九局，是西班牙选手的发球局，一上来，虽然西班牙组合比分领先，但是李婷和孙甜甜稳扎稳打，李婷的底线回球稳定性高，孙甜甜的网前拦截威力极大，最终以 6 比 3 再下一局。

从技术上看，中国选手完全处于上风，除了 10 次双发失误外，其他的技术统计均要好于对手，而且主动进攻得分远远高于西班牙对手。

结果在女子双打的决赛中，中国女双组合李婷和孙甜甜，经过 89 分钟的激战，战胜了西班牙名将帕斯库尔和马丁内兹，获得了冠军，这是中国第二十一枚奥运金牌。

在奥林匹克的网球馆里，将历史性地升起五星红旗，奏响中国的国歌。

滕海滨鞍马勇夺冠军

2004 年 8 月 23 日凌晨，雅典奥运会体操各单项决赛，在奥林匹克室内运动馆展开角逐。

男子鞍马决赛一共有 8 名选手参加，而决赛名单是根据男子团体预赛选手在自由体操项目上的成绩而确定的。罗马尼亚选手乌尔兹卡以 9.812 分预赛第一的成绩进入决赛。中国小将滕海滨、黄旭也分别进入决赛，他们俩在鞍马项目上也具备争夺奖牌的实力。滕海滨预赛的成绩是 9.800 分排在第三位，而黄旭的成绩是 9.737 分排在第七位。

西班牙选手卡诺第一个出场，他的整套动作完成相当不错，鞍马支撑很高，结果得到 9.762 分。

美国选手保罗·汉姆第二个出场，他的难度稍显不足，成绩是 9.737 分。

罗马尼亚名将乌尔兹卡第三个出场，他在鞍马上的姿态非常优美，现场观众在他落地后一片喝彩，乌尔兹卡得到 9.825 分，暂时排在首位。

日本选手鹿岛丈博第四个出场，他的表现还不错，得分是 9.787 分，暂时排在第二位。

中国选手黄旭第五个出场，他的表现十分出色，落地很稳，在完成比赛后黄旭对于自己表现感到很满意，对着看台露出了笑容，结果得到 9.775 分。

日本选手富田洋之第六个出场，他在比赛中出现了重大失误，虽然富田洋之仍旧完成了比赛，但是只得到 9.062 分。

冰岛选手阿莱克斯桑德森第七个出场，他的动作比较修长，幅度也很大，成绩是 9.725 分。

中国小将滕海滨最后一个出场，他的整套动作非常流利，完成极为漂亮，结果得到 9.837 分。这样，滕海滨获得冠军。这是中国体育代表团的第二十二枚金牌。

在小将滕海滨走下赛台后，中国男子体操队领队黄玉彬马上上前，拥抱这位年仅 19 岁的年轻小将。

滕海滨对于自己的夺冠也感到非常高兴，他披上中国国旗绕场一周。

罗马尼亚老将乌尔兹卡以 9.825 分获得亚军，日本选手鹿岛丈博以 9.787 分排在第三位。中国选手黄旭得到 9.775 分排在第四位。

赛后，中国男子体操队队长黄旭表示："赛前我们一直在开导滕海滨，希望他不要背上团体失利的包袱，大家也看到，他在今天比赛中表现得非常出色。"

体操队领队高健也表示："非常高兴这名 19 岁的小将能够顶住压力，超水平发挥。"

高健赛后在等班车回奥运村的时候，主动对记者说："孩子不容易。我特别高兴海滨最终能够顶住压力。今天他真是超水平发挥了，得了 9.837 的高分，只比第二名多出一点。"

王旭摔跤摘金创造历史

2004 年 8 月 24 日凌晨，雅典奥运会摔跤女子 72 公斤级决赛，在亚诺·莱奥西亚奥林匹克馆举行。

摔跤比赛的规则为对阵双方在比赛中要尽力将对手的肩膀压到毯子上足够长时间并可以控制对手。

每场比赛由两轮组成，每轮 3 分钟，两轮之间有 30 秒的休息时间。如果比赛在两轮比赛结束时双方得分相同或双方得分均未达到 3 点，将进行 3 分钟的加时赛。

在预赛中，王旭首先以 5 比 0 的压倒性优势击败了意大利选手尤兹奇扎克，随后又以 5 比 2 战胜了 6 次世锦赛冠军、加拿大选手诺德哈根，从而以两战全胜小组第一名身份晋级半决赛。

半决赛中，王旭又以 6 比 4，战胜日本名将浜口京子入围决赛。决赛中，王旭的对手是欧锦赛 72 公斤级冠军俄罗斯选手马尼奥洛娃。

开局，双方经过试探后，马尼奥洛娃依靠力量优势先得一分，随后王旭奋起反击连追 5 分，在第一轮结束时王旭以 5 比 1 领先。第二轮开场，王旭便凭借一次发力将领先优势扩大到 6 比 1，随后马尼奥洛娃依靠王旭的一次消极送分将比分追到 2 比 6，不过比赛已经接近尾声。

经过 6 分钟的激烈争夺，最终王旭以 7 比 2 战胜俄罗斯选手马尼奥洛娃，为中国摔跤队赢得在雅典奥运会中第一枚金牌。这是中国代表团赢得的第二十三枚金牌。

俄罗斯选手马尼奥洛娃获得亚军，日本名将浜口京子取得了铜牌。

夺冠后的王旭非常激动，她兴奋地说："我感谢所有支持我的人，感谢全国人民。没有他们就没有我今天实现梦想的机会。"

在王旭夺冠后，国家体育总局、中华全国体育总会、中国奥委会 24 日致电中国体育代表团，祝贺女子摔跤选手王旭夺取金牌。贺电全文如下：

中国体育代表团：

欣闻我国女子摔跤运动员王旭在第二十八届奥运会上，沉着冷静、不畏强手，经过顽强拼搏，获得首次列入奥运会项目的女子摔跤 72 公斤级冠军，为中国摔跤队夺得首金，为祖国和人民赢得了荣誉。

在此，谨向你们表示热烈的祝贺，并致以崇高的敬意和亲切的慰问，希望你们再接再厉，顽强拼搏，再创佳绩！

国家体育总局

中华全国体育总会

中国奥委会

2004 年 8 月 24 日

彭勃获得三米跳板冠军

2004 年 8 月 25 日，在奥林匹克水上中心，举行雅典奥运会男子 3 米跳板决赛。

共有 12 名选手进入男子 3 米跳板决赛，而半决赛的成绩带入决赛。

半决赛中排在首位的是俄罗斯老将萨乌丁，他的成绩是 256.38 分；中国选手彭勃以 256.17 分排在第二位，王峰以 240.42 分排在第五位。

第一轮，中国选手王峰出场表现一般，入水的水花略大，最后得到 77.40 分。俄罗斯老将萨乌丁出场，这位俄罗斯名将的表现非常不错，入水几乎没有水花，得到 80.10 的高分。中国选手彭勃出场，他的 405B 完成不错，起跳和落水几乎都接近完美，最后得到 84.60 的高分。

这样，第一轮比赛结束后，彭勃升至首位，萨乌丁排在第三位，而中国另一名选手王峰则排在第五位。

第二轮，中国选手王峰第二个动作是 107B，他在起跳和翻腾过程中表现不错，只可惜入水时水花有些大，结果得到 80.91 分。俄罗斯老将萨乌丁采用 107B，入水的水花并不算太大，结果得到 82.77 分。中国选手彭勃倒数第二个出场，他跳的动作也是 107B，完成得非常出色，不管是走板、空中还是入水都堪称完美，7 位裁判有 5 人打出 10 分，最后彭勃得到 92.07 分。

这样，第二轮比赛结束后，彭勃领先第二名德斯帕蒂 10.65 分排在首位，王峰排在第四位。

第三轮，中国选手王峰第六个出场，他的动作是 5154B，难度系数 3.4。王峰的走板似乎有些问题，不过他在空中很好地调节，入水不错，王峰得到 81.60 分。俄罗斯选手萨乌丁出场，他的起跳、入水都很不错，最后得到 93.45 分。中国选手彭勃倒数第二个出场，他跳的动作是 407C，难度系数 3.4，彭勃的发挥非常好，他在入水处理上完成也很漂亮，最后得到 88.74 分。

这样，第三轮比赛之后，彭勃继续排在第一位，萨乌丁排在第二位，中国选手王峰排在第四位。

第四轮，中国选手王峰第六个出场，他的动作是 407C，难度系数 3.4。王峰的表现很出色，入水时几乎没有水花，最后得到 88.74 分。萨乌丁出场，他的动作是 205B，虽然表现不错，但是由于难度不高，所以得分为 78.30 分。中国选手彭勃倒数第二个出场，他跳的动作是 205B，难度系数 3.0，彭勃最后得到 77.40 分。

这样，第四轮比赛之后，彭勃继续排在首位，萨乌丁排在第二位，中国选手王峰仍然是排在第四位。

第五轮，中国选手王峰第六个出场，他的动作是 307C，难度系数 3.5。王峰的发挥很出色，最后王峰得到 93.45 分。萨乌丁出场，俄罗斯老将的难度只有 3.0，不过他 305B 表现很好，最后得到80.10。中国选手彭勃倒数第二个出场，他跳的难度系数是3.5，彭勃的表现几乎完美，西班牙裁判甚至给出10分的满分，彭勃第五跳得到96.60分。

这样，第五轮比赛之后，彭勃继续排在第一位，萨乌丁排在第二位，中国选手王峰还是排在第四位。

第六轮，中国选手王峰第六个出场，他的动作是5353B，难度系数3.5，王峰的表现不错，入水水花并不大，结果得到88.20分。萨乌丁出场，他的动作是5337D，难度系数3.3，萨乌丁的最后一跳很优美，不过入水水花有些大，结果得到82.17分。中国选手彭勃倒数第二个出场，他跳的动作是5154B，他跳的难度系数是3.4，结果彭勃的表现依然非常完美，得到91.80分。

最终，中国选手彭勃以787.38分获得金牌，这是中国代表团在本届奥运会上获得的第二十四枚金牌。

加拿大名将德斯帕蒂凭借着最后一跳以755.97分获得银牌，俄罗斯老将萨乌丁发挥一般，最后以753.27分获得铜牌。中国选手王峰以750.72分排在第四位。

此后，中国体育代表团于8月25日，在雅典奥运会新闻中心举行新闻通气会。中国体育代表团副团长何慧娴介绍，袁伟民高度赞扬了男子3米跳板运动员彭勃，认为他在本届奥运会的表现，既充分展示了跳水运动男子3米板项目精湛高超的技术，同时也充分表现了一个优秀运动员应该具备的胜不骄、败不馁的良好精神。

郭晶晶跳水再放异彩

2004 年 8 月 27 日，在雅典奥林匹克水上运动中心，举行雅典奥运会女子 3 米板金牌的争夺战。

中国选手郭晶晶和吴敏霞提前两个小时抵达赛场，在长达一个多小时的试跳中，郭晶晶没有出现任何失误。而吴敏霞却有几次明显的重大失误，出水时，她对自己的动作也相当不满，教练也不时走过来指点几下。而当其他选手都结束试跳回到休息室准备比赛时，只有吴敏霞还在继续试跳，直到离比赛开始还有半个小时。

这场决赛，大部分中国跳水队员都出现在观众席上，彭勃、劳丽诗和李婷也都拿着国旗在观众席上为郭晶晶和吴敏霞加油。

因为女子 3 米板的半决赛成绩带进决赛，所以在今晚的决赛进行之前，前俄罗斯名将现澳大利亚选手伊琳娜·拉什科以 246.51 排在第一位，郭晶晶以 243.06 排在第二位，吴敏霞以 240.39 排在第三位，俄罗斯选手尤利娅·帕卡林娜以 237.42 分排在第四位。

第一跳，中国选手郭晶晶的成绩为 74.70，而拉什科只得了 66.96，因此郭晶晶在第一轮比赛过后，排到了第一位。帕卡林娜在这一轮跳出了 75.60 分排在第二位，吴敏霞以 70.20 分排在第三位。

第二跳，郭晶晶跳出了 84.60 的高分，与对手差距拉开了。吴敏霞在这一跳，跳出了 70.47 分，总分达到了 381.06。帕卡林娜这一轮的成绩为 68.40，总分为 381.42，吴敏霞与她只相差了 0.36。拉什科在这一跳的成绩只有 67.50。

第三跳，郭晶晶再次跳出了 81.84 的高分，她的总分也达到了 484.2。帕卡林娜这一跳得到了 74.70 分，吴敏霞发挥稳定，得到了 75.60。吴敏霞以 0.54 分的优势上升到了第二位。老将拉什科在这一跳中因为入水角度稍过，所以只得到了 59.40 分。

第四跳，郭晶晶再次出色发挥，迎来了全场观众的掌声，她得了 83.70 的高分，她的总分达到了 567.9 分。吴敏霞这一跳在空中动作和入水的水花上表现得相当不错，可是裁判却只给了她 72.54 分，这样吴敏霞的总分为 529.2。而帕卡林娜却在这一跳得到了 74.40 分，这也让帕卡林娜在总分上达到了 529.9 分，超过了吴敏霞。

最后一跳，稍微有一些激动的郭晶晶只得到了 65.25，不过这已经足够了，因为此前郭晶晶已经有了 38 分的优势。郭晶晶的总分为 633.15 分。

吴敏霞一个 305B 难度系数 3.0 的完美动作，让她得到了 82.80 的高分，总分达到了 612 分。虽然此后帕卡林娜跳出了 80.10 分，但却在总分上输给了吴敏霞 1.38 分。最后的关键一跳，使吴敏霞超过了帕卡林娜，排在了第二位。

这样，郭晶晶终于实现了自己的奥运梦想，以633.15分的成绩得到了奥运单人跳金牌，吴敏霞以612分获得银牌。俄罗斯选手帕卡林娜最后一跳与银牌失之交臂，以总分610.62分获得了铜牌。

郭晶晶摘取了金牌，吴敏霞夺得银牌，全场挥舞的都是中国国旗。

赛后，中国跳水队领队周继红感叹道："郭晶晶和吴敏霞真不容易啊。昨天，她俩在预赛中表现得不是特别理想，我们晚上开会对她俩提出了批评，要她俩振作起来。今天她俩真是太出色了，特别是郭晶晶，她在第三跳后基本上就确定了冠军。最后一跳虽然在转身时有点没有放开，所以分数不高，但这并不是失误。拿到这枚金牌后，我们现在的目标就是田亮拿到最后一枚跳水金牌。"

刘翔跨栏冲在最前面

2004 年 8 月 28 日凌晨，在雅典体育馆，雅典奥运会110 米栏的决战拉开了战幕。

第一道是加拿大的查尔斯·阿伦、第二道是拉脱维亚的斯坦尼斯拉夫斯·奥里加斯、第三道是法国选手拉德加·多库里、第四道就是我国选手刘翔、第五道是牙买加的莫里斯·维格纳尔、第六道是美国的特里斯·特拉梅尔、第七道是古巴选手安尼尔·加西亚、第八道是巴西的梅特斯·伊诺森西奥。

运动员第一次准备好起跑后，第八道的伊诺森西奥表示踏板位置不舒服。比赛重新开始，结果美国选手特拉梅尔抢跑。按照比赛的规定，下一次如果再有人抢跑将被罚下。

比赛第三次开始，刘翔的起跑相当出色，在跨第一个栏之前刘翔就领先了第二名加西亚一个身位。而法国新秀也是刘翔最强劲的对手多库里却起跑过慢，在第一个栏前只排在第四、五名的位置。

此后，刘翔在栏间的优势发挥了出来，只见他越跑越快，与其他队员之前的差距也越来越大。而眼见刘翔跑在前面，身后的各国选手节奏发生了变化。加西亚、特拉梅尔、多库里先后出现踏栏、压栏的现象。

最终，刘翔以领先第二名 3 米左右的优势第一个冲过了终点线，而时间就是破纪录的 12 秒 91。美国选手特拉梅尔 13 秒 18 第二个冲线，古巴选手加西亚 13 秒 20，排在了第三位。

刘翔这位来自上海的东方小伙子力压群雄，跑出了 12 秒 91 的成绩，平了 1993 年科林·杰克逊创造的世界纪录！也刷新了阿兰·约翰逊 1996 年亚特兰大奥运会的纪录！

与此同时，远在刘翔的家乡，刘翔的启蒙教练顾宝刚、仲锁贵都来到他家中观看刘翔的比赛，刘翔在 110 米栏夺冠，并且跑出了 12 秒 91 的成绩，使得刘翔家里所有正在观看比赛的人，全部沸腾了起来！

赛后，刘翔回忆起决赛之后的体力时说：

> 我因为冲刺冲到底，因为跑 4 趟，本来对体力消耗就很大，冲刺完以后又狂奔了三四十米，跑到终点去，后来人家把我顶住了，不顶住还要跑。领导把国旗丢给了我，我后来身披国旗，就感觉跑也跑不动，腿也麻了，手也举不起来，一举起来，手感觉抽筋一样，人的体力那个时候是透支了。

此外，中国田径队总教练冯树勇说："刘翔夺取男子 110 米栏冠军非常正常，但以 12 秒 91 的成绩平了世界纪录绝对是个意外。"

冯树勇还说："我们从预赛开始，就与刘翔的教练孙海平给他制订了非常严密的参赛计划，每轮怎么跑都有数。前3轮他跑得很轻松，尽管其他选手发挥也不错，但我们心中有数。"

接着，他又说："我们都住在一个单元，大家都在期待他创造中国田径历史的这一天。但我没有给他一点点压力，只要求他能跑出自己的最好成绩。刘翔本人也非常放松，心态很好，自信心非常强，他心里很有数。"

同时，作为国家体育总局田径运动管理中心副主任的冯树勇透露说："刘翔夺取冠军不是偶然的，但成绩有点意外，我们根据他平时的训练，认为他跑进13秒有可能，但没有想到能跑这么快。"

中国田径这次雅典奥运会的任务是夺取两块奖牌，但开赛9天来，中国田径每天都与奖牌无缘，大家感到了空前的压力。现在，刘翔夺得了金牌，使所有人的心终于放了下来。

邢慧娜获得田径万米冠军

2004年8月28日凌晨，在雅典体育馆，雅典奥运会田径项目女子10000米的决战拉开了战幕。

决赛开始后，在前2000米所有选手始终紧紧地跟在一起，形成了两个长长的竖排。

中国选手孙英杰处在3至4名的位置，而邢慧娜处在第十名左右的位置。

在比赛进行到4800米后，所有选手分成了两个大的集团。3名肯尼亚选手跑到了最前面，而孙英杰始终在2至3名的位置上前进。邢慧娜也跟在了第一集团的8至9名的位置上。

6000米后，第一集团只剩下了7名选手还紧紧跟在一起。孙英杰和邢慧娜排在了6至7位。

6600米后，孙英杰被第一集团落下，而邢慧娜依然与前几名选手死死地咬在一起。

8400米，前面的5名选手也已经拉成了一条直线，每名选手之间都相差大约一米左右的距离，而孙英杰则是越落越远。

8800米，邢慧娜追到了第三名。

9200米，荷兰选手卡皮拉加特被前4名选手甩下。

最后的400米，邢慧娜在弯道过后超过了第二名运动员排到了第二位。

最后一个弯道，邢慧娜并没有马上超过第一名选手，而是紧紧地跟住对方。在出弯后，邢慧娜马上开始加速，一举超过了排在第一名的选手迪巴巴，而且速度是越跑越快。

最终，我国选手邢慧娜以 30 分 24 秒 36 的成绩第一个冲过了终点线，为我国代表团再添一枚宝贵的金牌。这比她本赛季在这个项目的最好成绩快了两分多钟。

有意思的是，被邢慧娜赶过的埃塞俄比亚选手还不知道冠军已被夺走，过线后还自行庆祝，只是到了记者采访区才明白冠军属于中国人。

另外，孙英杰发挥也算不错，她跑出了本赛季的最好成绩，比邢慧娜慢了半分钟而最终名列第六。孙英杰去年曾动了膝关节手术，而年底在跑步机上训练时又不慎摔下而摔断了锁骨。她为此有两个月的时间没有训练，而奥运前的高原训练她感到十分疲劳且一直未能恢复。

迪巴巴以 30 分 24 秒 98 获得银牌，图鲁以 30 分 26 秒 42 获得了铜牌。

3 名埃塞俄比亚选手包揽了第二到第四名，获得银牌和铜牌的选手异口同声地表示："我们的目标是包揽前 3 名，我们完全没有注意到中国选手。银牌获得者更只落后邢慧娜 0.62 秒。"

其实，不仅对手没有注意到邢慧娜，就连我们自己人也没想到她能获得金牌。

此前，邢慧娜在国际大赛上的最好成绩是在上一年田径世锦赛获得第七，不过当时的成绩创造了这个项目的青少年世界纪录。

赛后新闻发布会，邢慧娜仍然难以从兴奋中走出来。她说："这真是难以置信，当我冲过终点线后，我甚至在问自己：这是真的吗？5000 米的比赛时我的发挥很正常，在那次比赛以后我觉得自己没有什么包袱了，完全放开了。"

回想起比赛时那一幕，邢慧娜说："跑了前 5 圈后，我就觉得自己前 3 名是跑不了了，最后一圈，埃塞俄比亚的一个对手掉下去后，我就感觉能拿冠军了，因为看到领先者有点跑不动了。"

面对中国田径获得如此的成绩，冯树勇激动地说："今天他们的表现太令人振奋了，我们都是欣喜若狂，今天晚上我们不打算睡了，要彻夜狂欢！"

但是，冯树勇还是表示说："虽然今天的两块金牌非常可喜，不过我们还是应该看到中国田径的底子还非常薄弱，我们还需要一步一步努力奋斗，以争取更大的成功！"

孟关良杨文军皮划艇摘金

2004 年 8 月 28 日，雅典奥运会男子双人划艇 500 米决赛，在斯基尼亚斯奥林匹克赛艇皮划艇中心揭开帷幕。

这天雅典当地天气情况不错，温度在 23 摄氏度，风速大约是每秒 5.6 米。

男子双人划艇 500 米决赛一共有 8 对选手参加，其中，中国选手孟关良、杨文军排在第四道。赛前，孟关良、杨文军均表示要在比赛中赛出自己的水平。而俄罗斯、德国等欧洲国家是此项目夺冠的最大热门。

比赛开始后，古巴的布兰科、里迪斯表现非常不错，他们的前 250 米划出 48 秒 91，排在第一位。

位列第二的是俄罗斯的科斯图格尔蒂、科瓦勒夫，他们前半程的成绩是 49 秒 09。

中国选手孟关良、杨文军在前 250 米的成绩只有 49 秒 61，落后古巴选手约有一秒。但是在最后 250 米，孟关良、杨文军奋起直追，最终第一个冲过终点，以 1 分 40 秒 278 的优异成绩获得金牌。夺冠后，孟关良和杨文军高兴得拥抱在一起。

这是中国水上项目在历届奥运会上所获得的第一枚金牌，中国奥运会代表团再度取得了历史性的突破。

至此，中国奥运代表团已经取得了 28 枚金牌，追平了历届奥运会最高纪录。

获得银牌的是来自古巴的布兰科、里迪斯，他们的成绩是 1 分 40 秒 350；铜牌得主是俄罗斯的科斯图格尔蒂、科瓦勒夫，他们的成绩是 1 分 40 秒 442。

在新闻发布会上，老将孟关良的心潮仍难平抑，他面对记者，说出自己的夺冠感言：

今天的金牌绝不是偶然取得的，因为过去的几次世界杯的比赛中，我们的实力已经有所体现。在今天的比赛中我们只是发挥了自己训练中应有的水平。这枚金牌，打破了中国水上项目没有奥运金牌的历史，实现了中国皮划艇界从没有奥运参赛资格，到夺取奥运金牌这样一个巨大的跨越。我只想说，我们这几年的努力没有白费，实现了自己多年的梦想。

年轻的杨文军则似乎更加激动，他说："能为自己的祖国夺得这枚奥运金牌我非常骄傲，也非常自豪。我们的祖国非常强大，在这届奥运会上到目前为止已经夺得了 28 枚金牌，这是祖国综合实力的体现。也正是这么一个强大的国家给了我们动力，给了我们支持，让我们有勇气为自己的祖国付出，奉献出一份自己的力量。"

孟关良还说："我们赛前想过这枚金牌，想过去冲击这枚金牌，却没有绝对的把握能实现自己的这个梦想。

今天的比赛环境对于我们来说相当不利，因为今天刮的是右侧风。杨文军是左桨，他在后面需要掌舵，而这个风向对他的划行非常不利。整个决赛只有两条艇是像我们这样的，难度非常大。"

当然孟关良和杨文军还有一位最需要感谢的人，那就是他们的加拿大"师傅"马克。

孟关良和杨文军赛后都不约而同地夸赞起了自己的"洋师傅"，他们说："马克在训练中有很多自己独特的东西，他的训练甚至近乎于残酷，但这些东西让我们在成绩上取得了飞速的进步。我们要感谢自己的这位洋师傅。"

亲眼目睹了自己徒弟夺冠的马克则压抑住自己心头的激动，说出了一句很谦虚的话语："我的学生是英雄，而我只是一名帮助英雄拿奥运金牌的教练，不是英雄。"

对于孟关良和杨文军取得如此优异的成绩，国家体育总局、中华全国体育总会、中国奥委会 28 日致电中国体育代表团，祝贺皮划艇运动员夺得金牌。

贺电全文如下：

中国体育代表团：

欣闻我国皮划艇运动员孟关良、杨文军在第二十八届奥运会男子 500 米双人划艇决赛中，沉着冷静，不畏强手，经过顽强拼搏，以 1 分 40 秒 278 的成绩夺冠，摘取金牌，取得了中国

皮划艇项目的历史性突破，创造了辉煌，为祖国和人民赢得了荣誉。

这是中国皮划艇项目在历届奥运会上所获得的第一枚金牌，极大地振奋了民族精神。在此，谨向你们表示热烈的祝贺，并致以崇高的敬意和亲切的慰问，希望你们再接再厉，顽强拼搏，再创佳绩！

国家体育总局

中华全国体育总会

中国奥委会

2004 年 8 月 28 日

罗微夺得跆拳道金牌

2004 年 8 月 29 日，在法里罗海滨区奥林匹克体育馆，举行雅典奥运会跆拳道女子 67 公斤级决赛。

预赛中，中国选手罗微在首次亮相中以点数 10 比 8 的成绩，击败了韩国选手黄敬善，顺利晋级第二轮。

在第二轮比赛中，罗微又以 5 比 4 的成绩，打败挪威选手索尔海姆晋级半决赛。

半决赛中，罗微不畏强敌，以 5 比 3 战胜美国选手迪亚兹，顺利晋级决赛。

决赛中，罗微的对手是东道主选手米斯塔基杜，这位 27 岁的希腊女将曾在近两届世锦赛该项目中都获得了季军。决赛共进行 3 个回合，每回合两分钟，之间休息一分钟。

第一回合，双方都不肯冒险出击，罗微居中，米斯塔基杜则在外围活动。50 秒时，罗微率先出脚，结果双方互搏各得一分。此后，罗微在 1 分 10 秒时，利用对方出脚城门大开，偷袭出脚又得一分。第一回合比赛结束时，罗微以 2 比 1 领先对手 1 分。

第二回合，比赛进行到 40 秒时，米斯塔基杜将罗微逼到边角，双方先是互踢各得一分，随后米斯塔基杜趁乱再次踢中有效部位将比分扳为 3 比 3 平。就在比赛结束前 3 秒，罗微出击没有做好防守准备，结果被米斯塔基杜反击得手。在第二回合结束时，米斯塔基杜以 4 比 3 领先。

第三回合，比分落后一分的罗微开局便发动反扑，利用一次脚踢有效部位，将比分追平。随后在混战中，场上的比分又变为 5 比 5 平，比赛进行到 1 分 20 秒时，罗微侧踢米斯塔基杜得分，再度领先。在剩余比赛时间不多的情况下，罗微且战且退拖延时间，并伺机反击。最后 40 秒，6 比 5，7 比 6，8 比 6！终场哨声响起，罗微赢了！

最终，罗微战胜了希腊选手米斯塔基杜，获得了跆拳道女子 67 公斤级的冠军。这是中国代表团赢得的第二十九枚金牌，从而超越了上届悉尼奥运会二十八枚金牌的纪录，这也是继陈中在悉尼奥运会 67 公斤以上级夺冠后，中国跆拳道队在夏季奥运会中夺得的第二枚金牌。

这其中，因为被裁判连续警告两次，罗微被扣去一分，但已无关大局。当罗微一脸灿烂地上前拥抱对手时，米斯塔基杜脸上也显露了微笑；当罗微礼貌地向四周看台鞠躬致意时，东道主观众终于为她送上了热烈的掌声。

希腊选手米斯塔基杜获得亚军，韩国的 18 岁小将黄敬善获得季军。

夺冠之后，罗微突然变得不知该干什么，还是陈立人从看台上拿来一面国旗，罗微将五星红旗高高举在头顶，用力地振动双臂。随后罗微绕场一周感谢观众的支持。

激动的罗微在绕场一周之后，才想到看望主席台的何振梁和崔大林。崔大林给了罗微一个热情的拥抱，并说道："好样的，罗微！"

罗微不仅获得了胜利，她的风度和意志也征服了现场所有人。这是因为，罗微不仅在比赛后，而且在每局开端和结束，她都规规矩矩地、面带微笑地向观众行礼。

希腊观众这样评价罗微道："罗的意志坚不可摧。"而美国记者则说："罗的风度令人折服。"

对此，副总教练卢秀栋则说："罗微一直用自己的礼貌'回敬'观众。"

胡佳获得跳台跳水冠军

2004 年 8 月 29 日，雅典奥运会男子 10 米跳台决赛，在奥林匹克水上运动中心揭开帷幕。

参加比赛的中国选手有田亮和胡佳。此前，田亮和杨锦辉合作获得了男子双人 10 米跳台冠军，对于这块 10 米跳台的金牌，中国跳水队也是志在必得。

赛前在接受采访时，田亮表示他会以一颗平静的心去对待今天的比赛，不过他个人对于夺取金牌还是充满信心。

在预赛中，田亮和胡佳分列第三和第六位；而在半决赛中，田亮以 690.51 分排在第三位；胡佳以 670.74 分排在第四位。

半决赛成绩排在首位的是加拿大年仅 19 岁的德斯帕蒂，不过他的领先优势并不大。

决赛开始，第一轮比赛，胡佳倒数第四个出场，他的动作是 107B，难度系数是 3.0，结果胡佳表现不错，得到 83.70 分。

随后，田亮出场，他的动作是 5253B，难度系数是 3.4，结果田亮表现近乎完美，田亮得到 95.88 分。

加拿大的德斯帕蒂倒数第二个出场，他的动作难度系数 3.2，结果完成不错，得到 86.40 分。

这样，第一轮结束后，田亮升至第一位，德斯帕蒂第二位，胡佳位列第三。

第二轮比赛，胡佳倒数第四个出场，他的动作是6142B，难度系数3.4，结果胡佳表现出色，入水水花很小，胡佳得到79.56分。

田亮出场，他的动作是109C，难度系数高达3.5，田亮得到90.30分。

加拿大的德斯帕蒂倒数第二个出场，他所做的动作和田亮一样，不过由于在入水时角度不佳，水花较大，结果得到71.40分。

第二轮结束后，田亮继续排在首位，赫尔姆排在第二位，胡佳排在第三位。

第三轮，胡佳倒数第四个出场，他的动作是107C，难度系数3.3，胡佳在入水时太猛，结果没有压住水花，得到84.15分。

田亮出场，他做的是一个倒立动作，难度系数高达3.5分，结果在入水时水花有些大，得到73.50分。

加拿大的德斯帕蒂倒数第二个出场，他做的也是一个倒立动作，德斯帕蒂的入水几乎没有水花，结果得到93.12分的高分。

第三轮结束后，田亮继续排在首位，赫尔姆排在第二，德斯帕蒂位列第三，胡佳排在第四位。

第四轮比赛，胡佳倒数第四个出场，他的动作是407B，难度系数3.5，胡佳的入水水花很小，结果胡佳得到 93.45 分。

田亮出场，他的动作是 207B，难度系数高达 3.6，但他表现一般，入水水花有些大，得到 82.08 分。

加拿大的德斯帕蒂倒数第二个出场，他的动作和田亮一样，不过入水不佳，得到 71.28 分。

第四轮之后，田亮继续排在首位，胡佳升至第二位，澳大利亚的赫尔姆排在第三位。

第五轮比赛，胡佳倒数第四个出场，他的动作是 307C，难度系数 3.4，胡佳表现很完美，入水水花很小，现场裁判打出 4 个 10 分，结果胡佳得到 98.94 分。

随后田亮出场，他的动作是 407C，难度系数 3.2，田亮的表现也非常好，3 个裁判给出 10 分，结果田亮得到 92.16 分。

加拿大的德斯帕蒂倒数第二个出场，他的动作和胡佳一样，结果得到 94.86 分。

第五轮之后，胡佳升至首位，田亮则排在第二位，澳大利亚的赫尔姆排在第三位。

最后一轮，胡佳倒数第四个出场，他的动作是 5253B，难度系数是 3.4，胡佳的表现非常完美，现场观众报以热烈掌声，5 位裁判打出了 10 分，结果胡佳得到 100.98 分的高分。

田亮出场，他的动作和胡佳一样，只是在入水时不太完美，结果得到 86.70 分。

加拿大的德斯帕蒂倒数第二个出场，他的难度系数高达 3.8，表现却一般。

澳大利亚赫尔姆的最后一跳表现非常优异，裁判打出四个 10 分。

结果，胡佳以 748.08 总成绩获得金牌，澳大利亚的赫尔姆以 730.56 分获得银牌，田亮获得铜牌，他的得分是 729.66 分。

这是中国体育代表团在本届奥运上获得的第三十枚金牌。至此，雅典奥运会跳水比赛全部结束。

赛后，胡佳接受记者采访说："我觉得今天的胜利最关键的就是我平时的训练和努力，这几年我真的是吃了很多很多的苦，但是现在所有的付出都有了回报。"

当记者问及他最想把这个消息告诉给谁时，胡佳说："告诉我的父母、我的教练，我真的很感谢他们。"

奋战雅典

中国女排拼搏夺得第一名

2004 年 8 月 29 日凌晨，在和平友谊体育场，举行 2004 雅典奥运会女子排球决赛。

以 B 组第一名晋级复赛的中国女排，在四分之一决赛中，毫不费力地以 3 比 0 轻取日本队晋级半决赛。半决赛中，中国女排在先胜两局又被对手连扳两局的情况下最终拿下决胜局，以 3 比 2 艰难战胜连续 3 届奥运会女排冠军古巴队晋级决赛。

另外，以 B 组第二名身份晋级的俄罗斯女排，在 8 强战中以 3 比 0 击败韩国队晋级半决赛。半决赛中，她们在先失两局的不利情况下，连扳 3 局，以总比分 3 比 2 险胜巴西女排，挺进决赛。

今年以来，中国与俄罗斯女排共交手两次，第一次是在瑞士女排精英赛，第二次就是在本届奥运会的小组赛，中国队两次均以 3 比 0 的成绩战胜了对手。因此，在最后的决赛中，中国队具有很强的夺金实力。

本场比赛，中国女排依然排出了固定首发阵容：主攻手杨昊、王丽娜，副攻手刘亚男、张萍，二传冯坤、接应周苏红和自由人张娜。

俄罗斯队则率先派上了主攻手加莫娃、莎什科娃，副攻手蒂什申科、特贝尼什娜，接应普洛蒂尼科娃、二传手申申尼娜和自由人。

第一局比赛，中国队主要利用杨昊在4号位多变的扣球压制对手，而俄罗斯则更多利用网上优势来寻求得分，结果双方从1比1平一路打到5比5。随后中国队依靠张萍和王丽娜的打斜线以及一次3人拦网成功，使得第一次技术暂停时，中国队以8比5领先俄罗斯队3分。

第一次暂停后，中国队的拦网和扣球依然发挥威力，而俄罗斯队则完全依赖加莫娃的4号位强攻，两队的比分差距也始终保持在一到两分。中国队在12比11领先后，由于一次前排触网使得双方战成12比12平，此后两队又一路平到15比15，随着俄罗斯队的一次发球直接出界送分，中国队以16比15仅领先俄罗斯一分进入第二次技术暂停。

暂停结束后，比分打到17比17。随后，中国队对加莫娃的4号位扣球依然办法不多，结果被俄罗斯以19比17领先，见势不妙陈忠和要求暂停重新布置战术。

暂停后，中国队始终没有让对手将比分拉开，先是利用一次双人拦网得分，将比分扳为21比21，随后又依靠张萍的探头球得分，将比分反超。不过王丽娜在4号位的一次扣球出界，使得双方又战成了23比23平，此后两队又连续打出了24、25、26、27和28平。

关键时刻，中国队先是一次双人拦网出界，随后加莫娃一次反击得手，使得俄罗斯队以30比28赢得第一局比赛。

第二局，双方打到 4 平后，俄罗斯队利用网上高度优势两次扣球得分，首次将比分拉开差距到 6 比 4。不过中国队很快利用杨昊的扣球和一次双人拦网得分，将比分重新扳回平局。随着张萍的一次后排扣球得分，中国队以 8 比 7 的微弱优势进入到第一次技术暂停。

第一次技术暂停后，中国队保持的优势一直到 12 比 10，随后俄罗斯队依靠加莫娃的强打将比分扳平，不过中国队很快利用出色的拦网再次将比分差距拉开 2 分。第二次技术暂停时，中国队以 16 比 14 领先俄罗斯队两分。

第二次技术暂停后，王丽娜一次扣球失误，加之俄罗斯一次扣球得分，两队又一次回到 17 比 17 平。此后，俄罗斯又取得了 21 比 19 的领先优势。随后，中国队利用对手扣球失误又将比分追回到 22 比 22 平。此时，卡尔波利立即要求暂停。

暂停结束后，俄罗斯又拦网出界，中国队 23 比 22 领先，卡尔波利短时间内再次要求暂停。暂停结束后，俄罗斯用拦网将比分扳为 23 比 23 平。随后，两队又打出 25 平。最后阶段，中国队先是一次拦网打手出界，随后张越红又前排触网失误，使得中国队以 25 比 27 再输一局。

第三局比赛，中国队利用反击和进攻得分逐渐占据了优势，并在第一次技术暂停时，以 8 比 5 领先对手三分。第一次技术暂停后，中国队保持领先优势一直到 12

比 10，随着俄罗斯两次打后排得分，两队又打成了 12 比 12 平。危急时刻，中国队的进攻占了上风，并逐渐又将比分差距重新拉开到两分左右。最后阶段，中国队的拦网发挥了威力连续得分，以 24 比 20 率先到达赛点，随着张萍一次发球直接得分，中国队以 25 比 20 扳回一局。

第四局比赛，张越红在 4 号位的进攻发挥得淋漓尽致，但俄罗斯的高度优势也利用得不错，两队一直打到 3 平，再打到 6 平、10 平、15 平。随后，中国队利用背飞和拦网将比分差距拉到两分，这种情形维持到 20 比 18。此后，张越红先是发球下网送分，随后加莫娃又扣球得分，两队重新回到平分状态，20 比 20 平。此后，俄罗斯队一度以 23 比 21 领先，但中国女排顶住了压力，由张越红和周苏红连得两分，又将比分扳为 23 比 23 平。关键时刻，中国队利用双人拦网得分率先到达赛点，随着杨昊在 4 号位的一次重扣得分，中国队以 25 比 23 再赢得一局。

第五局是决胜局，开场两队一直打到 3 平。关键时刻，俄罗斯一次发球出界，随后冯坤一次防反扣中，中国队以 5 比 3 取得领先。此后，中国队始终保持两分的领先优势，并以 8 比 6 领先到互换场地。

换场后，中国队继续保持领先优势。随着一次拦网得分，中国队以 14 比 11 率先到达赛点，接着张越红在 4 号位的重扣得分，中国队以 15 比 12 拿下决胜局。

经过 150 分钟的激烈争夺，中国队在先失两局的情

奋战雅典

况下，奋力反击连扳3局，以总比分3比2击败俄罗斯女排，获得了雅典奥运会女排比赛的冠军，为中国代表团赢得第三十一枚金牌。这是中国军团在本届奥运会中唯一的一枚集体项目的金牌。

俄罗斯女排摘得银牌，古巴女排获得第三名。

当中国女排站在领奖台上，当鲜艳的五星红旗在雅典和平体育馆内升起，当耳畔响起伟大祖国的国歌声，在场的每一个中国人怎能不激动、不自豪！

陈中夺得跆拳道金牌

2004 年 8 月 30 日凌晨，雅典奥运会跆拳道女子 67 公斤以上级决赛，在法里罗海滨区奥林匹克体育馆拉开战幕。

作为上届悉尼奥运会跆拳道女子 67 公斤以上级的冠军，陈中在首次亮相中，便以 7 比 5 击败了日本选手冈本依子顺利晋级。

随后，在 8 强战又以 7 比 5 的相同分数，战胜了委内瑞拉选手卡尔蒙娜，进入半决赛。

半决赛中，陈中以 8 比 5，力克巴西选手席尔瓦，挺进决赛。

决赛中，陈中的对手是 23 岁的法国姑娘巴维热，她曾在 2003 年 67 至 72 公斤级的世锦赛比赛中获得过亚军。

决赛共有 3 个回合，每回合两分钟，之间休息一分钟。第一局比赛，双方都不肯冒险出击，30 秒时，双方互踢都没有得分，随后在 45 秒时双方又一次互踢，比分仍没变化。1 分 3 秒时，陈中率先出脚，先得一分，不过巴维热反击迅速将比分扳平，在第一回合比赛结束前 28 秒时，陈中再次主动出击又得一分。到第一节比赛结束时，陈中以 2 比 1 领先巴维热。

第二局比赛，陈中采取主动进攻的战术，双方开局便先互得一分，此后，陈中左脚踢中对手得一分。比赛到1分14秒时，陈中又利用侧踢再得一分。距离比赛结束前22秒时，双方又互踢各得一分，到比赛结束时，陈中以6比3领先对手。

第三局比赛，比分已经落后的巴维热心态已经明显焦急，并多次试图用飞踢陈中面部，想要连得两分将比分追平，但陈中早有准备，没有让对手占到便宜。33秒时，两人各得一分。1分零2秒时，陈中再次击踢对方有效部位再得一分。仅过9秒，两人互踢再次各得一分。还剩36秒时，巴维热踢中了陈中受伤的膝盖，使得陈中受伤倒地。

在教练的大声鼓励下，陈中带伤继续战斗。在剩余的时间内，巴维热慌乱了，陈中趁机先踢中对方面部一下得到两分，随后又踢中对方有效部位又得一分。

经过3回合激烈争夺，陈中以12比5的成绩战胜法国选手巴维热，卫冕成功，获得跆拳道女子67公斤以上级的冠军，为中国代表团赢得了第三十二枚金牌。

法国姑娘巴维热获得银牌，委内瑞拉选手卡尔蒙娜以7比4的比分，击败巴西选手席尔瓦获得铜牌。

赛后，沉浸在喜悦中的陈中接受记者采访时，说出了比赛时的一些情况。

她说："我是2002年亚运会前夕受伤，当时是在训练中，后十字韧带断裂了，走路都走不了。医生要求做手术，但是很多人背后支持我，对我说，你是最棒的，你还可以继续打！当时因为受伤，我曾经想过放弃备战奥运会，我不相信我能打好，怀疑自己。但是有很多队员和教练都非常支持我，相信我能拿到好成绩。他们的支持和鼓励给了我很大的帮助，让我坚定了自己的信念，什么苦都要吃，最后一定要拼，一定要拿到这枚金牌。"

其实，在陈中比赛一开始，陈中的父母就坐在电视机前紧张地关注着。

当陈中在奥运会女子跆拳道 67 公斤以上级的比赛中以 12 比 5 的绝对优势击败对手后，正在家中观看比赛实况的陈中的父母陈新生、张美瑛同时从沙发上蹦了起来，举起了象征胜利的"V"形手势。

当晚，在陈中的家一个不足 30 平方米的客厅里，聚集了陈中的家人、亲戚和当地各媒体的记者。

比赛开始前，陈中的母亲张美瑛一直在招呼着记者，她对女儿获得金牌满怀信心，唯一担心的就是女儿的伤势。她告诉记者，上届奥运会以后，陈中训练更加刻苦，运动量也不断增加。由于她的陪练都是高水平的男队员，在训练中受伤也是免不了的。在 2002 年的一次训练中，陈中髌骨不小心被踢骨折，韧带也断了。听医生说如果做手术就再也不能比赛了，女儿坚持保守治疗，边治疗伤病，边坚持训练，直至今日。

张美瑛对记者说："我希望女儿放手去拼，不要把胜负放在心上。如果腿伤能够坚持，凭借在以往大赛中的成功经验，陈中拿金牌是很有希望的。"

可是，当陈中被法国对手踢到了不得分的腿部，倒在了地上时，张美瑛大叫了一声："哎呀，那是她受伤的腿啊！"看到女儿痛苦的表情，母亲心如刀绞，泪水夺眶而出。"坚强些，站起来！"母亲对着电视荧屏不停地大声喊着。

最终，陈中大叫一声，跳起身来又扑向了对手。

当陈中以绝对的优势获得冠军后，小屋炸锅了，小楼沸腾了。此刻的张美瑛说得最多的一句话是："我女儿是最棒的！"

赛后，路透社报道说：

在本场比赛中，带伤的陈中完美地利用了她的高度优势和更远的攻击范围，有节奏地给予对手巴维热踢击和侧击，同时利用比分落后的巴维热的焦急心态，在防守严密的同时受伤倒地之后仍然坚持进攻，扩大了比分优势，完全断绝了对手的获胜希望。整个比赛中，她一点也没有表现出因为受伤而对有失去金牌危险的担忧。

三、 期待北京

● 2004 年 8 月 29 日，中共中央、国务院致电第二十八届奥运会中国体育代表团，祝贺我国体育健儿在奥运会上取得优异成绩。

● 一些游客见到中国面孔的记者，还没等记者打招呼，这些游客便先打起了招呼："See you in beijing." 翻译成中文便是：北京再见。

● 凌晨 3 时 30 分，北京市市长王岐山代表北京，从国际奥委会主席罗格手中，接过奥运会五环会旗，象征着北京奥运会进入倒计时。

中央电贺雅典奥运健儿

2004 年 8 月 29 日，中共中央、国务院致电第二十八届奥运会中国体育代表团，祝贺我国体育健儿在奥运会上取得优异成绩。

贺电全文如下：

中国体育代表团：

我国体育健儿在举世瞩目的第二十八届奥运会上不畏强手，奋力拼搏，取得了前所未有的优异成绩，实现了我国竞技体育在奥运会上新的历史性突破，为祖国和人民赢得了荣誉。党中央、国务院向你们表示热烈的祝贺和亲切的慰问！

我国体育健儿在本届奥运会上表现出的精湛运动技术和良好体育道德，进一步弘扬了奥林匹克精神，极大地增强了我国成功举办 2008 年奥运会的信心。我国体育健儿的出色表现，再一次向全世界展示了中华民族自强不息、奋发有为的精神风貌，展示了新世纪中华儿女积极进取、蓬勃向上的朝气和活力，给正在为全面建设小康社会团结奋斗的全国各族人民带来巨大的鼓舞。祖国为你们骄傲，人民为你们自豪！

希望你们继续发扬胜不骄、败不馁的精神，增强斗志，再接再厉，不断提高自身素质和竞技水平，为促进奥林匹克事业的发展，为实现中华民族的伟大复兴作出新的更大贡献！

祖国和人民感谢你们，期待着你们胜利归来！

中共中央

国务院

2004 年 8 月 29 日

雅典奥运会即将闭幕，奥运圣火也即将熄灭。尽管最后一天的比赛还没有全部结束，但是雅典奥运会的格局已基本确定。

中国队依靠跆拳道选手陈中在最后时刻锦上添花，中国军团以 32 枚金牌历史性地名列金牌榜第二位，跻身"第一集团"。

雅典奥运会将于 29 日晚闭幕，301 个小项的决赛只剩下男子马拉松一项。

如果在男子马拉松赛中没有奖牌进账，那么中国代表团在雅典奥运会上的最终奖牌数是 63 枚，其中金牌 32 枚、银牌 17 枚、铜牌 14 枚。

这一成绩超过了悉尼奥运会 28 枚金牌和 59 枚奖牌总

数的成绩。中国军团历史性地名列金牌榜第二位，比美国少3金，比俄罗斯多5金。

在雅典奥运会上，中国军团历史性地在14个项目上获得冠军，为中国军团贡献金牌的项目分别是：田径两枚、跆拳道两枚、乒乓球3枚、羽毛球3枚、射击4枚、举重5枚、跳水6枚，另外，游泳、女排、体操、女子柔道、皮划艇、网球、女子摔跤等项目各一枚。其中，最后3个项目是中国军团的夺金新领域。

在2004年奥运会结束后，人们开始热切盼望2008年北京奥运会的到来，届时中国人民将举国欢腾。

外国游人期待欢聚北京

2004 年 8 月 29 日，离奥运会闭幕时间还早，已经有拿着闭幕式门票的观众，陆续向雅典奥运会主体育场赶来，准备观看即将演出的闭幕式。

一些游客见到中国面孔的记者，还没等记者打招呼，这些游客便先打起了招呼："See you in beijing."翻译成中文便是：北京再见。

在雅典主体育场入口处，一会儿工夫，安检门前的观众就排起长龙。奥运会虽然临近结束，但是安保程序更加严密。

一位排着队的澳大利亚观众向记者打趣说："北京办奥运会，效率应该比希腊人高吧。"说完，澳大利亚观众又让身边的小孩子向记者打招呼。

还有一位叫皮特的观众说："这次在雅典待了两个星期，白天看古迹，晚上看比赛……我希望在北京也能度过愉快的奥运假期，希望北京人的节奏比雅典人快些。"

对于雅典奥运会，多数观众表示满意。一位波兰游客对记者说："我在这里感觉和家里没有区别，比赛很棒，这里的志愿者更棒，很多人能讲熟练的波兰语，太让我吃惊了。我希望到了北京奥运会上，志愿者也能这么棒。"

随后，当记者向来自美国《体育画报》的记者戴维打招呼时，他先向记者伸出了手，并说道："祝贺你们，中国的记者。我很羡慕你们，不用再飞越半个地球来报道奥运会了，但4年后我还会去北京的。"

和中国记者差不多，戴维以及美国《体育画报》的同事们，也在雅典驻扎了两月有余。戴维说："开始什么都不习惯，从食物，到当地人的效率。"

接着，戴维又说："我们在主新闻中心里面有自己的办公区，通信、交通都不成问题，美国队的选手、教练还会定期过来做访谈。"

对于北京奥运会，戴维表示他对中国的硬件环境毫不担心，但对软件环境没有信心。他说："我相信中国的奥运场馆和基础设施建设将是奥运会史上最棒的，但是管理、服务的人员素质、语言沟通是最关键的。场馆能不能让观众感到舒适，志愿者们能不能让所有人满意，街上的路牌能不能让世界各地的观众们看得懂，这是北京奥运会的一大挑战。"

举行雅典奥运会闭幕式

8 月 30 日 2 时 15 分，在奥林匹克体育中心，隆重举行雅典奥运会闭幕式。

整个闭幕式为时两小时，展现了"世界大同"的主题。至此，为期 17 天的雅典奥运会就此结束。

雅典奥运会闭幕式主要表现希腊神话中酒神"狄奥尼索斯"文化，再现希腊传统的欢庆宴饮场面。

闭幕式第一个部分是"倒计时"。体育场的大屏幕出现倒计时的数字图像，图像展示出本届奥运会观众的热情与欢乐。当屏幕上的数字数到零时，焰火突然喷出，闭幕仪式正式开始。

闭幕式第二部分是歌舞表演，名称是"让歌舞永远跳下去"。第一支乐曲是由希腊著名作曲家斯塔夫罗斯·扎哈科斯创作的。只见场地中央出现一个螺旋形的大麦田，麦穗象征着丰富多产，这不仅仅是指希腊肥沃的土地，同时也代表着希腊丰富的思想文化。

此后，5 名希腊歌手一起演唱《欢迎世界》。其他演员从各个方向拥入场内，挥动围巾，而观众们同时挥动白巾。

随后，另一名歌手克劳克斯·麦东尼迪斯走上舞台，独唱《欢迎我的朋友》。

在舞蹈结束后，表演者向人们展现了一个希腊的传统婚礼，象征着奥运会使人们走到一起，拉近了男女之间的距离。

此前参与演出的舞者此时都挥舞着桌布，拿出葡萄酒，向新人致以祝贺。同时身穿黑衣的表演者，各自手持灯笼，闪烁的火光象征着在茫茫的宇宙中的星光灿烂。

最后，乔治·达拉里斯演唱《阿门》，表达悲伤和痛苦。当佐尔巴音乐响起时，一群装扮成游客的演员登台。舞者高举收起的稻子，五环的形状形成，文艺表演在这个高潮中结束。

在文艺表演之后，首次举行了运动项目的颁奖典礼。本届奥运会的最后一个比赛项目，男子马拉松的颁奖典礼在闭幕式上举行。

然后是"国旗入场"，人们高举旗帜奔进场内，同时配有打击乐和歌舞。随后，来自各大洲的运动员不分国籍地进入场内。这时，中国上海选手刘翔举着五星红旗出现了。

接着，雅典奥组委主席安吉纳波罗斯女士致辞。在她之后，奥委会主席罗格发表演讲。

此后，先是分别演奏本届奥运会东道主希腊和2008年奥运会东道主中华人民共和国的国歌，之后进行五环旗交接仪式。先由中央民族大学的各民族学生组成的合唱团演唱中国国歌。凌晨3时30分，由北京市市长王岐山代表北京，从国际奥委会主席罗格手中，接过奥运会五环会旗，象征北京奥运会进入倒计时。

王岐山是主办 2008 年奥运会的北京市市长。接过旗帜的王岐山，很肯定地向罗格先生点了点头。这是中国人对世界的承诺。

接过奥运大旗后，王岐山向全世界有力地挥舞起来。参加闭幕式的许多中外运动员，都赶快用相机记录下这难忘的一刻。

中国在闭幕式上表演节目

在北京市市长王岐山接过主办 2008 年奥运会的旗帜后，上演了一台历时 8 分 49 秒的"从奥林匹克到万里长城"。在整个闭幕式表演中，这是中国北京的 8 分钟。

虽然只有 8 分钟时间，但是张艺谋需要向世界介绍中国 5000 年的文化和历史。对于中国人来说，这台文艺表演非常重要，因为它象征着北京奥运会的开始。在整个表演过程中，张艺谋以金黄色作为下届北京奥运会的主色调，在北京奥运会文艺表演过程中，奥林匹克体育中心被 4.5 万个"麦穗"装饰成金黄色的麦场。这台文艺表演一共分成 5 个节目。

首先，在 14 位中国姑娘二胡演奏的《茉莉花》乐曲中，由北影、中戏和北京舞蹈学院的 14 名学生以舞蹈开场。当时，会场上的灯光只熄灭了几秒。重现时，舞台上已经多了 10 多名婀娜的中国姑娘。她们穿着鲜亮的中国服装，拿着琵琶、二胡，那曲熟悉的《茉莉花》，已然把在场的所有人带到了遥远的北京。

第二个节目是年轻舞蹈家黄豆豆，他激情表演了自己的成名作《醉鼓》。他用身体语言表达中国人民百折不屈的精神。

第三个节目是本次文艺表演的高潮，由 28 名来自少林寺的高跷队员身着极具民族特色的服装，手中挑着28只大红灯笼，在演出中心区穿行表演，展现出少林功夫和大红灯笼。此外还有太极武术表演。

第四个节目是中国京剧，由6名十三四岁的戏校学生出演。这些孩子多数参加过春节晚会，是行当中实力不凡的佼佼者。

第五个节目，一位年仅5岁的小女孩，用清脆的童音在奥运会的发源地说出"欢迎来北京"。

此时，中央民族大学70位身穿中国56个民族服装的少数民族大学生，在跑道两侧拉出两条各50米长、10米宽的红绸，上面写着"北京欢迎你"的中英文字样，红绸上还有2008年北京奥运会的会徽"舞动的北京"。

希腊女孩加娜尼一直在随着这8分钟的节目起舞。她看完表演后说："中国的东方文化和希腊文化一样让人着迷，我会争取2008年到北京亲自观看奥运会。"

后来，比利时《安特卫普日报》的维尔梅尼说："这8分钟的节目服装华丽，节目让人感觉如梦如幻，和西方人想象的感觉一样美，而且同整个演出非常契合。"

8分钟的演出，震撼了雅典。200多个国家和地区的数十亿观众，也通过电视直播感受到了中国的邀请，中国的激情。

最后，2.5万多只气球飘飞于体育场的上空，而绚丽的礼花照亮夜空，雅典最后一次向世界展示她美丽迷人的一面，奥运圣火缓缓熄灭……

至此，雅典奥运会结束，人们期盼着 2008 年北京奥运会再见！

在雅典奥运会结束后，8 月 31 日，中国奥运代表团成员乘坐航班从雅典返回北京。

在首都机场奥运健儿们受到了热烈的欢迎，各方人士纷纷向为祖国赢得荣誉的体坛健儿表达了感激之情。

同机返回的还包括了前往雅典参加闭幕式接旗仪式的北京市和奥组委工作人员。

中共中央政治局常委李长春、国务委员陈至立等领导同志代表党中央、国务院来到首都机场，迎接载誉归来的奥运健儿。在热烈的掌声和阵阵欢呼声中，李长春、陈至立与走下舷梯的获奥运奖牌的运动员们一一握手，致以亲切问候。

首都各界群众挥舞着国旗和花束，欢迎中国体育代表团胜利归来。抵达北京的中国体育代表团共 245 人，其中包括女子排球队，田径队，跳水队，皮划艇队，跆拳道队，帆船帆板，拳击队，花样游泳队，艺术体操队，手球队，篮球队和自行车队等。

本书主要参考资料

《从雅典到北京：奥运风云录》刘晓非著 清华大学
　出版

《奥运会上的中国冠军》吴重远主编 新蕾出版社

《情系祖国》国家体育总局宣传司编 人民体育出
　版社

《中国奥运巅峰时刻》马国力主编 现代出版社

《鏖战雅典为国争光》中共中央宣传部宣传教育局等
　编 学习出版社